O vício
dos livros

COLEÇÃO ↳ GIRA

A língua portuguesa não é uma pátria, é um universo que guarda as mais variadas expressões. E foi para reunir esses modos de usar e criar através do português que surgiu a Coleção Gira, dedicada às escritas contemporâneas em nosso idioma em terras não brasileiras.

CURADORIA DE REGINALDO PUJOL FILHO

DE AFONSO CRUZ
Vamos comprar um poeta
A boneca de Kokoschka
Nem todas as baleias voam
Para onde vão os guarda-chuvas
O vício dos livros

Edição apoiada pela Direção-Geral do Livro,
dos Arquivos e das Bibliotecas / Portugal

O vício dos livros

Afonso Cruz

2ª IMPRESSÃO

Porto Alegre • São Paulo • 2024

Não há nenhuma diferença entre a leitura e a escrita.
Quem lê é autor daquilo que lê.
CHRISTIAN BOBIN

Índice

- 9   A primeira vez que conheci um esquifobético (a neve desaparece, mas o original não desoriginaliza)
- 12 Contar para, mais do que viver séculos, morrer feliz
- 14 Os livros que nos casam
- 16 A square
- 19 A poesia prende poetas, acidenta carros e afunda barcos
- 22 Mas a poesia também salva cidades e liberta escravos
- 23 Porém, a poesia pode matar amigos
- 24 A morte, perante os livros, fica sem poder
- 27 Para roubar como deve ser é preciso cultura
- 29 Um pão e um livro
- 31 Princípio de anti-Fermat
- 33 Liberdade
- 35 Feridas abertas
- 38 O terceiro pulmão de Bagdade
- 43 Como estar sempre a descansar
- 44 O vício dos livros
- 49 O que se esconde numa colher de sopa
- 51 A questão do gato morto
- 55 Bibliotecas
- 57 Porque não há muitos leitores
- 61 História do leitor presidiário
- 66 Gatos
- 68 A falta que faz um Homero
- 72 O poeta que foi assassinado pelos próprios livros
- 74 Como encontrar felicidade nos livros que não lemos
- 75 Por amor de um verso
- 78 Biblioteca pessoal
- 80 Gugudadismo
- 83 O que se esconde debaixo de um poema
- 85 As histórias que se estragam
- 88 A voz dos livros
- 91 Referências bibliográficas

A primeira vez que conheci um esquifobético
(a neve desaparece, mas o original não desoriginaliza)

Há livros que ficam perdidos nas estantes, mais ou menos esquecidos, até que um acaso nos empurra para um reencontro. Quando procurava um livro de Kundera, descobri um outro do mesmo autor, que comprei e li no Brasil nos anos 90 (*A brincadeira*). Ao folheá-lo, encontrei na última página uma nota escrita a esferográfica. A letra era claramente minha, mas o conteúdo soou-me estranho, não parecia ser a minha voz.

Há leitores que anotam os livros, que sublinham, que arrancam páginas, que os enrolam como se fossem revistas, há leitores que dobram os cantos (como eu, mas esse é o gesto mais violento que imponho a um livro. Escrever nas margens, por exemplo, parece-me uma espécie de tatuagem de que me envergonharei no futuro, quando voltar — ou se voltar — a encontrar-me com ele). Por isso, a descoberta de uma página de um romance anotada de alto a baixo pareceu-me especialmente estranha. Virando a folha, apercebi-me de que a página anterior estava também escrita, mas com uma caligrafia indecifrável e que não me pertencia. Ao olhar com mais atenção, concluí que a minha incapacidade de ler aquele texto se devia não à letra, mas ao facto de não haver nada ali escrito: era um conjunto de gatafunhos que simulava escrita. Recordei-me então da tarde em que anotei esse livro. Estava em Pernambuco, em Olinda, quando um homem se aproximou, sentando-se ao meu lado, dizendo que era esquifobético. Falava do seu corpo como um filósofo platónico, com um certo desdém pela matéria: chamava-lhe neve. Apontava para si e dizia "esta neve", querendo com isso salientar o carácter transitório do corpo. Quando reparou que eu segurava um livro, quis ver a capa e, tirando-mo das mãos, pegou numa caneta e escreveu qualquer coisa ilegível. Perguntei-lhe o que havia escrito e ele, em voz alta, ditou a tradução da algaravia enquanto eu a anotava na página seguinte: "Tem certo tipo de pessoa que devia ter nascido daqui a cem ou duzentos anos, quando o pessoal tivesse uma criatividade mais rápida e mais bonita. Porque o coração sente e o olho conta. *Life after death*. Porque o original nunca desoriginaliza. Porque nunca foi desoriginalizado. Se algum dia ele for desoriginalizado, nunca vai existir o original. Seja louco contra uma loucura. Lembre-se que foi aqui que você conheceu um esquifobético".

Contar para,
mais do que viver séculos,
morrer feliz

Dora Diamant, a última companheira de Kafka, contou um episódio do tempo em que os dois viviam em Berlim e em que o escritor, ao passear num parque, encontra uma menina a chorar porque tinha perdido a sua boneca. Kafka decide consolá-la, dizendo-lhe que a boneca decidiu viajar e que até lhe escreveu uma carta. A menina estranha a situação e pede para ver a carta. Kafka diz-lhe que não a tem com ele, mas que a trará no dia seguinte e lha lerá. Apesar de Kafka estar muito doente, com tuberculose (haveria de morrer nesse ano), todos os dias, durante três semanas, escreveu cartas atribuídas à boneca e dirigidas à tal menina. Até que, um dia, resolveu terminar aquela tarefa autoimposta, dando-lhe um final clássico do género "foram felizes para sempre" e casando a boneca. A criança ficou descansada. E ficou descansada porque ela, a boneca, tinha uma história, tinha vivido uma vida. A sua ausência tornara-se então aceitável e era possível lidar com a perda.

A minha avó, já demasiado cansada, tinha quase cem anos, dizia que Deus se esquecera dela e que já cá não estava a fazer nada, mas ficava particularmente feliz quando, sentada na sala ou à mesa da cozinha, contava as suas histórias, partilhava as suas memórias. Pelo sentimento de plenitude de as ter vivido e de as poder contar, havia nela uma pacificação em relação à morte.

Há uma luz que intuímos nestes momentos, uma "luz por dentro", tal como Mario Quintana titulou um dos seus textos, do livro *Caderno H*: "Mas há uma beleza interior, de dentro para fora, a transluzir de certas avozinhas trêmulas, de certos velhos nodosos e graves como troncos. De que será ela feita, que nem notamos como a erosão dos anos os terá deformado. Deviam ser caricaturas mas não fazem rir, uns aleijões mas não causam pena. (...) Eu gostaria de acreditar que essa inexplicável beleza dos velhos talvez fosse uma prova da existência da alma".

Suspeito que essa "luz por dentro" sejam histórias e que a inexplicável beleza dos velhos seja precisamente a prova da existência de uma vida.

Os livros
que nos casam

Um jornalista colombiano escreveu-me certa vez — começando por me perguntar se me lembrava dele, pois tínhamo-nos conhecido em Lisboa uns anos antes — para me fazer um pedido. Elogiou os meus livros e, ao falar de *O pintor debaixo do lava-loiças*, disse: "Gostei tanto que o recomendo a todas as pessoas que me pedem uma sugestão de algo para ler. Tanto que, graças a esse livro, estabeleci uma amizade muito próxima com uma mulher que hoje é minha namorada. O nome dela é (...) Tenho muita vergonha de te contar por que estou escrevendo tudo isso, mas queria tentar para ver se não o incomoda muito. Afonso, sei que por estes dias você está no Hay Festival, em Cartagena. Não pude ir porque agora ando cobrindo outros assuntos no jornal, mas um colega meu está aí (...) Será que você poderia autografar um exemplar de *O pintor debaixo do lava-loiças* para mim? É um presente de aniversário para (...) minha namorada, porque, como já mencionei, o livro é muito especial para nós dois".

Respondi-lhe que, antes de regressar a Portugal, passaria por Bogotá, onde permaneceria por uns dias. Desse modo, poderíamos planear um encontro e eu autografaria o livro. E assim foi. Combinámos num café perto da biblioteca onde eu tinha uma apresentação agendada: ele estaria à espera com a sua noiva para lhe fazer uma surpresa. Foi um encontro emotivo.

Não sei se chegaram a casar ou sequer se continuam juntos. Porém, se este texto parecer, de algum modo, um elogio à possibilidade de os livros e a leitura nos juntarem, e quem sabe até nos casarem, há que ter em consideração que pode também ser tomado como um aviso.

A square

Stefan Zweig conta sobre Balzac o seguinte episódio, em *O mistério da criação artística*: "Um dia, um amigo de Balzac entrou sem avisar no seu estúdio. Balzac, que na época trabalhava num romance, deu meia-volta, ergueu-se num salto, pegou no amigo pelo braço e, num estado de grande exaltação, exclamou com lágrimas nos olhos: 'Que horror! A duquesa de Langeais está morta'. O visitante olhou para ele, perplexo. Conhecia bem a sociedade de Paris, mas nunca ouvira falar da tal duquesa de Langeais, e, de facto, não existia uma duquesa com esse nome: era apenas uma das personagens do romance de Balzac. No instante em que o amigo entrou, Balzac descrevia o momento da morte da duquesa, e tendo aquela morte tão presente, como se a tivesse visto com os próprios olhos, ainda não tinha acordado do seu sonho criativo. Só quando notou a surpresa do visitante é que se apercebeu de que estava novamente neste mundo, no da realidade".

Em *Sobre os escritores*, Elias Canetti sente aproximadamente o mesmo que Balzac, dizendo que "alguns personagens de romances são tão fortes que mantêm o seu autor aprisionado e o sufocam". De facto, a solidez de uma personagem bem construída consegue arrebatar-nos, sejamos seus criadores ou seus leitores, e de algum modo transforma-nos[1].

Há na literatura personagens de todo o tipo, um leque vasto que está longe de se limitar a humanos[2]. Há personagens que são animais, há outras que são objetos, sentimentos, ideias. Pode, por exemplo, uma personagem tão plana quanto um quadrado ter a capacidade de nos emocionar?

O escritor e sacerdote anglicano Edwin Abbott Abbott (1838-1926) imaginou um mundo plano, na obra *Planilândia* (*Flatland*), composto de duas dimensões. Nesse mundo habitado por figuras geométricas, cuja quantidade de lados determina o escalão social — que culmina no círculo —, encontramos uma alegoria engenhosamente concebida e que pode ser interpretada de inúmeras maneiras e por várias disciplinas. Nesse mundo, um quadrado é um dia visitado por uma esfera, um ser tridimensional, inconcebível para o protagonista. Is-

---

[1] Abrir um livro é abrir pessoas e explorar o nosso próprio mundo através da experiência dos outros. O território inexplorado dentro de nós é acessível através dessa imersão em personagens que nunca fomos e jamais seríamos ou talvez venhamos a ser, e em vidas que nunca tivemos e jamais teríamos ou vidas que serão o nosso destino. As personagens dos livros que lemos são o meio de transporte para o que não somos, ou melhor, para o que somos sem ser. Creio que esta noção é fundamental: ser profundamente o que não somos.

[2] No caso de Balzac, afirma Simon Leys: "O elenco total de sua *Comédia humana* chega a cerca de três mil e quinhentas personagens (incluindo alguns animais) — em toda a literatura ocidental, apenas Shakespeare e Dickens aproximaram-se de uma fecundidade tão desconcertante".

to fará com que este quadrado, chamado A Square (que pode ser traduzido por "Um Quadrado" ou "Quadrado A", e que há quem especule ser uma alusão ao nome do autor), se torne uma espécie de Sócrates ou Prometeu ou Cristo.

Não devem existir muitas coisas mais aborrecidas do que um quadrado — ou mais planas ou mais frias —, e, no entanto, partindo de tão pouco, é possível construir uma personagem inesquecível. Não creio que, neste caso específico, o Quadrado A emocione como a duquesa de Balzac, mas apenas porque não era essa a intenção de Abbott Abbott, que pretendeu, creio, afectar a razão mais do que o sentimento. Mas a construção de uma personagem como esta garante-nos que até um quadrado é capaz de levar um leitor a gritar, escandalizado, à semelhança de Balzac: "Que horror! Prenderam o Quadrado A!".

A poesia prende poetas, acidenta carros e afunda barcos

Dionísio I, tirano de Siracusa, considerado um dos mais cruéis déspotas daquela época (430 a 367 a.C.), reuniu na sua corte vários poetas reputados para que o ajudassem na escrita de poesia. Rodeado de turibulários e das suas louvaminhas, convenceu-se assim de que era um grande poeta e gabava-se mais dos seus versos do que dos feitos de guerra. Conta Diodoro Sículo, na *Biblioteca histórica*, que entre esses poetas "estava Filoxeno, o escritor de ditirambos, que gozava de grande reputação como autor nesse estilo. Depois do jantar, quando as composições do tirano, que eram miseráveis, foram lidas, foi-lhe perguntado o que havia achado da qualidade da poesia. Por ter respondido com bastante franqueza, o tirano, ofendido com as suas palavras, acusou-o de inveja e ordenou aos seus servos que o arrastassem imediatamente para as pedreiras. Porém, no dia seguinte, quando os amigos de Filoxeno pediram que o tirano soltasse o poeta, Dionísio acedeu e incluiu-o novamente no grupo de poetas que lhe faziam companhia após o jantar. À medida que iam bebendo mais e mais, Dionísio gabava-se mais e mais da sua própria poesia. Depois de recitar alguns versos que considerava especialmente felizes, perguntou o que achava Filoxeno daqueles poemas. Filoxeno não respondeu, limitou-se a chamar os servos de Dionísio, ordenando-lhes que o levassem de novo para as pedreiras".

Dionísio teve várias contendas com vultos da época. Certa vez, agastado com algumas opiniões de Platão, decidiu pô-lo à venda como escravo no mercado. Vários filósofos juntaram-se e compraram a liberdade de Platão, que voltou para a Grécia.

Um dos casos mais curiosos da vida de Dionísio, também contado por Diodoro Sículo, terá sido quando competiu nas Olimpíadas, levando vários carros com quatro cavalos cada (bastante mais velozes do que os dos adversários) e uma caterva dos melhores atores para lerem os seus poemas e, assim, glorificá-lo no triunfo. Os versos eram tão maus que alguns carros chocaram entre si e outros despistaram-se. Do mesmo modo, o barco que levava a sua delegação olímpica de volta à Sicília naufragou perto de Tarento, em Itália, uma vez mais devido à paupérrima qualidade da poesia do tirano (que forçou a sua leitura durante a viagem), ou assim atestaram os marinheiros que sobreviveram.

Todavia, o ridículo a que os seus versos foram sujeitos não levou Dionísio I a desistir da poesia, abraçando a justificação dos seus bajuladores: todos os grandes feitos geram primeiro inveja e só mais tarde admiração.

Mas a poesia também salva cidades e liberta escravos

Conta Plutarco que, depois da devastadora derrota da expedição ateniense à Sicília (415 a 413 a.C.), muitos dos que sobreviveram saudaram Eurípides com enorme gratidão. Os sicilianos, que eram grandes admiradores da poesia de Eurípides, regozijavam com a aprendizagem de versos que os prisioneiros atenienses lhes ensinavam. Por isso, alguns dos prisioneiros foram libertados pelos seus captores. Outros, que deambulavam perdidos depois da derradeira batalha, receberam comida e bebida dos sicilianos, por cantarem hinos corais da autoria de Eurípides.

Plutarco conta ainda que Erianto de Tebas, após a guerra antes mencionada, quis destruir Atenas e transformá-la em pasto para o gado. Estando ele reunido com outros líderes num banquete, um ator fociano cantou o primeiro coro de *Electra*, de Eurípides, que gerou tanta emoção entre os comensais que estes, de imediato, decidiram abandonar o plano de destruição de Atenas, pois seria "uma enorme crueldade destruir a cidade que produziu poetas daquela qualidade".

Porém, a poesia pode matar amigos

Uma notícia da TSF, de 29 de janeiro de 2014, dizia o seguinte: "Os dois amigos estavam a beber na cidade de Irbit, nos montes Urais, quando começaram a discutir literatura, 'sobre qual dos géneros literários, poesia ou prosa, é mais significativo', de acordo com uma declaração dos investigadores da região de Sverdlovsk. 'O anfitrião insistiu que a verdadeira literatura era a prosa, enquanto o convidado, um antigo professor, defendeu a poesia', acrescentaram.

'A discussão literária tornou-se rapidamente num conflito e o amante de poesia, de cinquenta e três anos, matou o oponente a facada', disseram os investigadores. O antigo professor, que se escondeu em casa de um amigo, foi detido mais tarde".

A morte, perante os livros, fica sem poder

Em *Jalan Jalan*, escrevi sobre um episódio especialmente espirituoso — contado por Rosa Montero, em *A louca da casa* —, passado com uma escritora argentina, Gabriela Cabal, sobre a possibilidade de a leitura, através da curiosidade, do entretenimento e da distração, afastar a morte. Gabriela Cabal disse numa conferência que "um leitor tem a vida muito mais longa do que as outras pessoas, porque não morre até acabar o livro que está a ler". O seu próprio pai, explicava Gabriela, tinha demorado imenso a falecer, porque vinha o médico visitá-lo e, abanando tristemente a cabeça, garantia: "Não passa desta noite"; mas o pai respondia: "Não, nem pense, não se preocupe, não posso morrer porque tenho de acabar *O outono do patriarca*". E, assim que o médico se ia embora, o pai dizia: "Tragam-me um livro mais grosso".

"Enquanto isso, amigos do meu pai que eram saudáveis fartavam-se de morrer. Por exemplo, uma pobre senhora que só foi ao médico fazer um check-up já não saiu", acrescentava Gabriela.

"É que a morte também é leitora, por isso, aconselho a que andem sempre com um livro na mão, porque, quando a morte chega e vê o livro, espreita para ver o que estamos a ler, tal como eu faço no autocarro, e distrai-se".

Devemos levar esta ideia a sério e não, como tantas vezes se faz, como uma historieta espirituosa sobre o milagre da leitura. Existem estudos para corroborar aquilo que deveria ser chamado de "efeito Xerazade": um estudo de Yale[3] (há mais, mas limito-me a este exemplo), realizado entre pessoas com mais de cinquenta anos, adianta que ler trinta minutos por dia fará viver, em média, mais dois anos. Se não for pelo prazer de ler, talvez devamos ler pela nossa saúde.

---

[3] BAVISHI, Avni, SLADE, Martin D. & LEVY, Becca R. *A chapter a day: association of book reading with longevity*. Social Science & Medicine, 2016.

Para roubar como deve ser é preciso cultura

Passeava à noite pelas ruas de Tunes, acompanhado por um grupo de escritores tunisinos, quando começámos a falar sobre os perigos de certas zonas da cidade. Fiz notar que achava Tunes uma capital segura, onde podia andar tranquilo à noite, mas Mohamed, um dos escritores que me acompanhava, garantiu-me que eu era demasiado ingénuo. Apontou para umas ruas e contou-me um episódio recente em que ele e dois amigos tinham sido assaltados. Levaram-lhes os telefones e as carteiras. Quando Mohamed chegou a casa com os amigos, um deles, que levava às costas um alaúde caríssimo, comentou, aliviado, o facto de não lhe terem roubado o instrumento musical e terem apenas levado a carteira — que tinha pouco dinheiro — e o telefone, que valia pouco. Como é que os assaltantes não viram o alaúde?, interrogava-se ele, atribuindo a sua sorte (se é que se pode chamar assim) à distração dos ladrões. Eu tenho uma teoria diferente: os meliantes repararam no instrumento (que não é propriamente pequeno), mas acharam que não valia nada, por isso, limitaram-se a roubar os telemóveis e as carteiras. Até para roubar é preciso cultura; sem ela, não se rouba com eficácia. O ignorante nunca saberá o que vale a pena roubar. Isso é tão válido para o ladrão de rua como para quem queira levar uma vida honesta, seja especulador, lojista, político, taxista ou arquiteto. Qualquer bom profissional precisa de cultura, e um ladrão que se preze não será exceção. Aliás, era possivelmente por isso que aqueles ladrões estavam na rua; se soubessem um pouco mais, estariam sentados na administração de um banco. Mas há uma contradição evidente quando se trata de fazer valer este argumento: é muito difícil, senão impossível, explicar a um néscio a importância da cultura, pois ele não tem cultura para perceber a falta dela.

Um pão e um livro

Kamel Riahi, escritor tunisino, num programa televisivo bastante popular — género programa da manhã, com duração de cerca de três horas —, teve a oportunidade de falar, em algumas dessas emissões, de escritores e literatura, mas não por mais de dez minutos. Numa dessas ocasiões, antes da revolução tunisina, falou do *Ensaio sobre a lucidez*, de Saramago, lendo algumas passagens que abordavam o tema das ações ilegítimas e antidemocráticas de certos governos. A leitura, que se propunha ser apenas um momento de divulgação literária, foi interpretada politicamente, como uma ação panfletária de incitação à revolta: o texto lido foi entendido como uma mensagem contra o regime. Kamel foi despedido, tanto do canal televisivo como da universidade onde lecionava, tendo-lhe sido vedado o acesso a outros trabalhos, noutras universidades ou nos *media*. Teve de emigrar para a Argélia para arranjar trabalho.

Um ano depois, deu-se a revolução.

A cultura é realmente uma ameaça. Não me lembro de regimes autoritários que tenham inaugurado a sua governação sem ter perseguido artistas e censurado ou destruído obras de arte.

Em setembro de 1931, por ocasião da inauguração da primeira biblioteca pública da província de Granada, em Fuente Vaqueros, sua terra natal, García Lorca leu um manifesto titulado *Meio pão e um livro*. O título lembra-me uns versos de Saadi, que dizem: "Se me dessem dois pães, trocava um por uma flor". A ideia de que a beleza (ou o alimento intelectual) é elementar surge também de forma axial no discurso de Lorca, que cito de seguida, começando por uma famosa frase bíblica: "Nem só de pão vive o Homem. Eu, se estivesse na rua esfomeado e desvalido, não pediria um pão; pediria, isso sim, meio pão e um livro. E desde já ataco violentamente os que apenas falam de reivindicações económicas sem nunca mencionarem reivindicações culturais (...) Que gozem todos os frutos do espírito humano, porque, se assim não for, será convertê-los em máquinas ao serviço do Estado, será convertê-los em escravos de uma terrível organização social (...) Como disse o grande Menéndez Pidal, um dos mais autênticos sábios europeus, o lema da República deve ser: 'Cultura'. Cultura, porque só através dela podem resolver-se os problemas com que o povo atual se debate, cheio de fé, mas sem luz".

Teremos sempre de pensar nos versos de Saadi se queremos uma sociedade um pouco mais iluminada: quando temos dois pães, há que trocar um deles por uma flor.

Princípio de anti-Fermat

Quando era adolescente, ia para a escola a ler. Apanhava o autocarro que levava mais tempo (hora e meia em vez de uma hora, no total), porque assim não tinha de sair e apanhar o metro, permitindo-me passar mais tempo a ler. Como a paragem de origem era perto de minha casa, havia sempre lugar no autocarro. Escolhia o último, à janela.

O princípio de Fermat diz-nos que a luz não percorre a distância mais curta, mas sim o tempo menor entre dois pontos. Um leitor, muitas vezes, tenta encontrar o caminho mais lento entre dois pontos. Era isso que eu fazia. Ia para a escola pelo caminho com mais palavras.

Liberdade

Num jardim público, na Cidade do Kuwait, algumas mulheres completamente cobertas, vestidas de negro (de *niqab*), faziam jogging com uma pequena carteira a tiracolo e umas sapatilhas coloridas de marca (a única coisa visível, além da carteira). Habitualmente, o clima não é propício a qualquer atividade ao ar livre: no verão chegam a estar sessenta graus. Estávamos em dezembro, por isso, era possível correr nos jardins.

Ali, o ar livre é, durante uma boa parte do ano, uma miragem no deserto, e as pessoas vivem cercadas de ar condicionado, dentro de edifícios de escritórios, arranha-céus, centros comerciais, automóveis, por isso, andar pelas ruas é uma espécie de luxo confinado a uma temporada curta, tão curta que não é capaz de cimentar rotinas, apesar das tentativas.

Caminhei pelo centro da cidade com uma escritora, bastante famosa no mundo árabe, que havia conhecido dias antes e que, ao contrário da esmagadora maioria das mulheres suas conterrâneas, usava calças e os cabelos destapados. No *souq*, passámos por uma loja que tinha roupas penduradas à porta. Ela apontou para essas roupas, daquelas que tapam todo o corpo, e disse: "Já fui uma mulher destas".

Tinha sido casada, durante mais de uma década, com um homem de uma família muito conservadora, teve dois filhos e depois divorciou-se. O que aconteceu?, perguntei eu, e ela respondeu que se libertou. Como?, insisti.

— Comecei a ler e libertei-me.

Feridas abertas

Partindo de uma ideia de um poeta anónimo que disse que, se fosse realmente um poeta, teria podido evitar a Segunda Guerra Mundial, Elias Canetti diz, em *A consciência das palavras*: "Esta seria, creio, a verdadeira tarefa dos poetas. Graças a um dom que foi universal e hoje está condenado à atrofia, e que precisariam por todos os meios preservar para si, os poetas deveriam manter abertas as vias de acesso entre os homens". Estas vias de acesso entre os homens seriam a capacidade de um poeta poder transformar-se em quem quer que seja, "mesmo no mais ínfimo, no mais ingénuo, no mais impotente". E esta metamorfose deveria ser isenta de interesses, de sucesso ou prestígio, pois teria razão em si mesma e por si mesma, sendo ainda "a única e verdadeira via de acesso a outro ser humano" (que resultaria na compreensão da essência do outro).

Canetti (em *La antorcha al oído*) conta como conheceu o ódio, não por tê-lo simplesmente experimentado em si, mas por vê-lo plasmado no Outro: "Em Frankfurt, para chegar ao Museu Städel, cruzava-se o Meno. Via-se o rio e a cidade e respirava-se fundo, o que nos dava coragem para enfrentar a coisa terrível que nos esperava", que era o encontro com a obra de Rembrandt, *Sansão cego pelos filisteus* (1636). "Com esse quadro, diante do qual fiquei parado muitas vezes, conheci o que é o ódio". Canetti diz ter sentido algo semelhante ao que se vislumbra na expressão de Dalila no quadro de Rembrandt quando, em criança, aos cinco anos, quis atingir uma companheira de brincadeiras com um machado. Contudo, só graças à contemplação do quadro compreendeu o seu ódio, pois nós "não temos conhecimento daquilo que sentimos; é necessário que o vejamos nos outros para que o reconheçamos", e só então se torna real. Esta passagem descreve bem o que significa a possibilidade de transformação poética reclamada por Canetti como "única e verdadeira via de acesso a outro ser humano": ela diz-nos que só quando nos encontramos no outro nos compreendemos. Talvez o poeta anónimo tenha razão, especialmente se a sua frase ("se eu fosse realmente um poeta") puder ser formulada no plural e nos incluir a todos.

Porém, a História parece ter, sem qualquer pudor, desacreditado este otimismo manifestado por Canetti em relação à transformação poética. Mas, defendendo-o ainda assim, seria possível imaginar a circunstância de o tal poeta anónimo ter evitado a Segunda Guerra Mundial caso fosse um verdadeiro poeta? Na verdade, não sabemos quantas guerras foram ou são evitadas, e é bem possível que todos os dias algum poeta (e neste contexto, por poeta, entendamos qualquer pessoa capaz de se colocar no lugar do outro) impeça que várias tragédias aconteçam. Pode ser que a Segunda Guerra Mundial tenha sido uma catástrofe que escapou ao exercício poético de manter abertas as vias de acesso entre pessoas. Pode ser que, antes de se ter tornado um facto em 1939, tenha sido evitada inúmeras vezes. É também possível conceber que uma expectável Terceira Guerra Mundial tenha sido impedida em várias ocasiões, precisamente porque as vias de acesso entre seres humanos se mantêm abertas, e que a tragédia tenha sido abortada ou impedida de acontecer. Nesse sentido, Canetti poderia ter razão, e talvez a capacidade de metamorfose seja aquilo que nos salva todos os dias, até que, por distração ou descrença, algo tenebroso começa a escapar pelos buracos dessa rede invisível que nos ampara, redundando numa desgraça qualquer.

Elias Canetti dizia ainda (*Sobre os escritores*) que um escritor que não tem uma ferida constantemente aberta não é um escritor. Creio, todavia, que a formulação não deve ser limitada aos escritores, podendo ou devendo ser estendida a todos os seres humanos (um ser humano que não tem uma ferida constantemente aberta não é humano). Talvez o drama evitável, aquele que é da responsabilidade humana, seja fruto dos momentos em que alguém ou uma comunidade deixa que as suas feridas se curem e se fechem e, sem o alerta da dor, não se aperceba dos perigosos tentáculos que crescem à sua volta, descobrindo-se depois impotente para travar a hecatombe.

Se, em relação a algumas feridas, a cura total é desejável, em relação a outras, há uma obrigação moral em mantê-las abertas, pois são elas que nos lembram de, a todo custo, evitar os erros do passado.

O terceiro pulmão
de Bagdade

Os jornais iraquianos anunciaram que, em 2019, a Feira do Livro de Bagdade teve mais de um milhão de visitantes. Um número superior, a ser exato, ao de várias feiras reconhecidas como sendo as maiores ou mais importantes do mundo. Mas muito mais relevante do que a quantidade é o significado dessa quantidade. A confiança depositada nos livros e na leitura, que noutras geografias é desvalorizada como ingénua ou quixotesca, em Bagdade é uma declaração de guerra às consequências da guerra. A literatura é vista como uma possibilidade de convalescência, de pacificação e entendimento, de aproximação social e reconstrução.

A História de Bagdade, dos poemas e dos poetas, dos homens de ciência, dos dervixes e das mil e uma noites, inclui também uma camada de violência cujos contornos recentes, do século passado e início deste, se manifestam de várias formas e, evidentemente, contagiam a literatura, que reflete a crueza destes últimos anos. Ahmed Saadawi escreveu um romance chamado

Frankenstein in Baghdad, no qual um homem reúne, dos escombros das explosões, partes de um cadáver para que fique completo e a família possa organizar um funeral digno. Há muitos outros exemplos deste tipo, em que a literatura reverbera a algozaria e a vergonhosa desumanidade da guerra, como o livro de contos de Hassan Blasim titulado *The Iraqi Christ*, uma tentativa de purga ou expiação das experiências vividas.

Junto à margem do Rio Tigre (onde um dos mais famosos místicos muçulmanos, o poeta Al-Hallaj, foi executado, talvez pela sua forma de teose), a Rua Al--Mutanabbi é um soberano exemplo da confiança depositada nas ideias, na literatura. Nesta artéria feita de livros, que deve o seu nome a um dos mais importantes poetas árabes, um número impressionante de livrarias e alfarrabistas preenche os dois lados da rua, que tem sido, desde há séculos, refúgio e lugar de encontro para artistas dos mais variados credos e origens. À sexta--feira, os livreiros fecham as portas e colocam os livros no chão, criando uma espécie de biblioteca ao ar livre e, ao mesmo tempo, uma celebração da literatura, onde se oferecem livros, se trocam livros, se vendem livros, onde leitores e escritores partilham experiências e leituras, onde se dizem poemas.

Por tudo isto, a Rua Al-Mutanabbi é conhecida como o terceiro pulmão de Bagdade. A cidade respira porque há livros a ser abertos.

No dia 5 de março de 2007, um bombista suicida fez-se explodir nesta rua, matando trinta e oito pessoas e ferindo mais de cem. O dono do Café Shahbandar, um espaço privilegiado para encontros de leitores e escritores numa esquina da Rua Al-Mutanabbi, perdeu três dos seus filhos nesse atentado.

Menos de vinte e quatro horas depois do ataque, o poeta iraquiano Abdul-Zehra Zeki, sobre os escombros da explosão, leu *O manifesto dos poetas de Bagdade*, texto da sua autoria, de que aqui reproduzo uma parte:

> *É aqui, entre os destroços do ataque bombista à Rua Al-Mutanabbi,*
> *junto ao cheiro a queimado dos tesouros das livrarias de Bagdade,*
> *junto aos cadáveres de quem amamos, enterrados sob a devastação*
> *[das bombas,*
> *é aqui que se encontram, hoje, os poetas de uma Bagdade em sofrimento;*
> *abalados e assombrados entre os ecos da destruição,*
> *entre o fumo,*
> *entre o pó e as cinzas,*
> *ouvindo tiros de um lado e explosões do outro,*
> *é aqui que os poetas se encontram para ler poemas de vida e de morte.*
> *Sem surpresa, eles são os filhos de Bagdade que salvaguardam a sua*
> *[imortalidade.*
> *O corpo de Bagdade foi de repente atingido pela morte, mas a sua alma*
> *[emerge com vida e esperança das suas garras.*
> *(...)*
> *Aqui estamos hoje, junto aos destroços da Rua Al-Mutanabbi, a sublinhar o significado desta rua para a cultura árabe. Também sabemos que os terroristas estão cientes desse significado. Por isso a atacaram.*
>
> *Aqui, não há polícias nem governos nem invasores. Esta é uma rua habitada por livros de diferentes facções, livros que, tal como os seus livreiros e leitores, expressam ideias, diferenças e opiniões.*
> *Atacar a Rua Al-Mutanabbi é atacar a essência da cultura iraquiana,*
> *[que abraça todas as diferenças.*

Sophia de Mello Breyner escreveu que "Este é o tempo / Da selva mais obscura // Até o ar azul se tornou grades / E a luz do sol se tornou impura // Esta é a noite / Densa de chacais / Pesada de amargura". Sophia terminou o poema com o seguinte verso:

"Este é o tempo em que os homens renunciam."

Doze anos depois do ataque de 2007, contrariando o verso acima e mostrando que há lugares onde não se desiste, a Feira do Livro de Bagdade nunca teve tantos visitantes e a Rua Al-Mutanabbi continua a fazer respirar a cidade, os livros continuam a ser abertos. Este é o espaço e o tempo de quem ainda não renunciou.

Na margem do Rio Tigre, onde começou a civilização, começa também a rua que simbolicamente a mantém de pé: o terceiro pulmão de Bagdade.

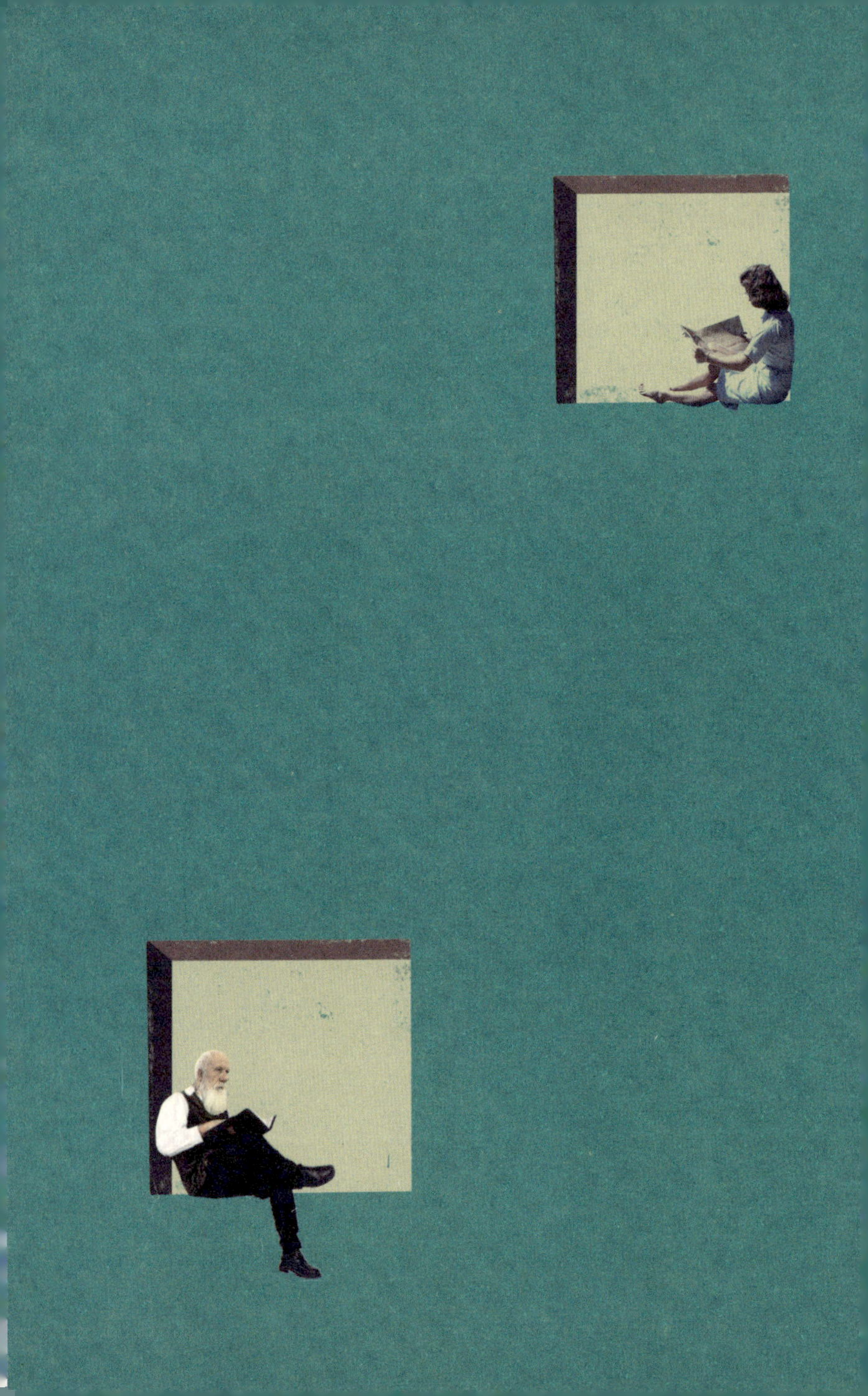

Como estar sempre
a descansar

Certa vez, num almoço com mais dois escritores, um deles, Aleš Šteger, que é prosador e poeta, confessou:

"Escrevo poesia para descansar da prosa e prosa para descansar da poesia. Desse modo, estou sempre a descansar".

O vício dos livros

Edith Wharton achava que o vício da leitura se compara ao desenvolvimento tecnológico, como, por exemplo, o advento do vapor, ou a evoluções civilizacionais como o sufrágio universal. Dizia ainda que "o vício mais difícil de erradicar é aquele que o vulgo considera virtude. Geralmente, considera-se que ler lixo é um vício, sim, mas hoje em dia a leitura em si mesma — o costume de ler, que de certo modo não deixa de ser um fenómeno novo — é colocada ao mesmo nível de virtudes tão necessárias como a poupança ou a sobriedade ou madrugar ou fazer exercício".

Mais, a leitura, para Wharton, a leitura deliberada ou volitiva, seria diferente do simples ato de ler. Assim como a sabedoria e o conhecimento não devem ser confundidos ou usados como sinónimos, também os modos de ler devem ter gradações. Neste ponto, afirma que a verdadeira leitura é como respirar. A eficiência da respiração deve-se ao facto de ser natural e de não ser preciso estar constantemente a pensar nela. O leitor lê como respira. Se pensar no mérito daquilo que faz, interrompe ou suspende a virtude do ato.

Outro argumento usado por Wharton é a ideia de que a leitura é um diálogo entre autor e leitor e que, se não houver um abalo qualquer naquele que lê, então tudo terá sido em vão. A leitura deve resultar numa transformação e um leitor deverá saber que aquele que abre um livro não é a mesma pessoa que o fecha[4]. A dimensão da transformação dá-se proporcionalmente às capacidades do leitor, dentro daquilo que poderíamos considerar a potência do livro, a espessura do conteúdo[5].

Mas devemos ser todos leitores? Wharton diz que não e compara com a música. "Ninguém espera que sejamos todos músicos". (Falando de leitura alfabética, talvez seja verdade, mas, se alargarmos as definições de leitor e de músico, então talvez devamos considerar a

[4] Um livro deve ser o machado para aceder ao mar gelado que temos dentro de nós, disse Kafka. E disse também que se um livro não nos magoa e esfaqueia não tem interesse.
Montaigne, menos áspero do que Kafka, via na leitura alguma sensualidade, chamando aos livros "prazer lânguido", enquanto Emerson inusitadamente usou o adjetivo "espermático" para os caracterizar: "Alguns livros são vitais e espermáticos, não deixando o leitor continuar a ser o que era; o leitor quando fecha o livro está mais rico".

[5] Através da leitura, a alma que se esconde na combinação das letras do alfabeto (como um código genético) pode então passar do livro para o leitor e habitá-lo, evoluindo. É uma mistura semelhante à que se dá com o genoma. Em vez de uma fusão de duas gametas para criar um novo ser, há duas almas que se fundem para criar um novo ser. Cada vez que lemos, saímos da leitura como um novo indivíduo, que resulta da combinação anímica entre o livro e o leitor. A alteração pode ser subtil, tal como a descreve Christian Bobin (*Um vestido curto de festa*): "Os livros amados misturam-se no pão que comes" — embora aqui haja uma mistura mais carnal —, "entram para dentro de nós pela janela do sonho e esgueiram-se para um quarto onde nunca entras, o mais escondido, o mais retirado. Horas e horas de leitura para este ligeiro tingir da alma, para esta ínfima variação do invisível em ti, na tua voz, nos teus olhos, na tua forma de estar e de fazer".

ideia de que somos todos leitores e músicos, uns melhores, outros piores, e que a nossa vida depende da nossa capacidade de ler o mundo, que muitas vezes exige perceber o ritmo, a harmonia, as comparações, a melodia, as metáforas, os compassos, as analogias.)

Quando nos perguntam se deveríamos ser todos músicos, talvez a pergunta devesse ser se a música ou a leitura é importante para as nossas vidas.

Se antes usei a leitura não alfabética para defender um tipo generalizado de leitura (que não se limita à humanidade), também é importante considerar que a leitura alfabética tem, ela própria, gradações. Como disse Wharton, "ler não é uma virtude, mas ler bem é uma arte", resumindo assim a ideia de a leitura depender da capacidade de interpretação, o que coloca o leitor literal na base gradativa. Para uns, o livro é um fóssil, com um conteúdo definido e isento de mais interpretações, para outros, é um florescimento contínuo, como um ser vivo[6].

Lewis Carroll dizia que há vários tipos de alimentos para o ser humano, sendo que alguns são mais urgentes, outros menos, mas todos igualmente importantes, levando a analogia a posicionar-se como uma questão de saúde. "Haverá uma mente obesa?", perguntava Carroll. A resposta não é clara, até porque, como dizia Virginia Woolf, um livro deve ser entendido como uma pergunta, e a leitura enquanto alimento não é uma resposta a coisa nenhuma, mas a inquietação necessária a uma resposta efémera. Como se inscreve num território em que a certeza se erode, a leitura deve pertencer às atividades mais

---

6 "Nada se compara às palavras, a sua deturpação tortura-me como se fossem criaturas sensíveis à dor. Um escritor que não sabe disso é, para mim, um ser incompreensível" (Elias Canetti, *Sobre os escritores*).

livres do ser humano e ter as mesmas características do amor, da amizade, do passeio. Mas não devemos imaginar por isso que todos se passeiam da mesma maneira ou amam da mesma maneira. Um amante que lê o seu amor com mais sabedoria ou profundidade é um amante diferente daquele que o faz na superficialidade ("ler bem é uma arte"). Pousar um pé ou pousar um pé tem diferenças radicais. É a diferença de quem lê e de quem lê. Há muitos tipos de pegadas. Há muitos tipos de passeios.

Ao contrário de tantos outros vícios, o dos livros é, na verdade, uma virtude. De facto, ter livros não é o mesmo que, por exemplo, ter dinheiro. Ter livros é como ter amigos, ter dinheiro é como ter com que pagar a amigos.

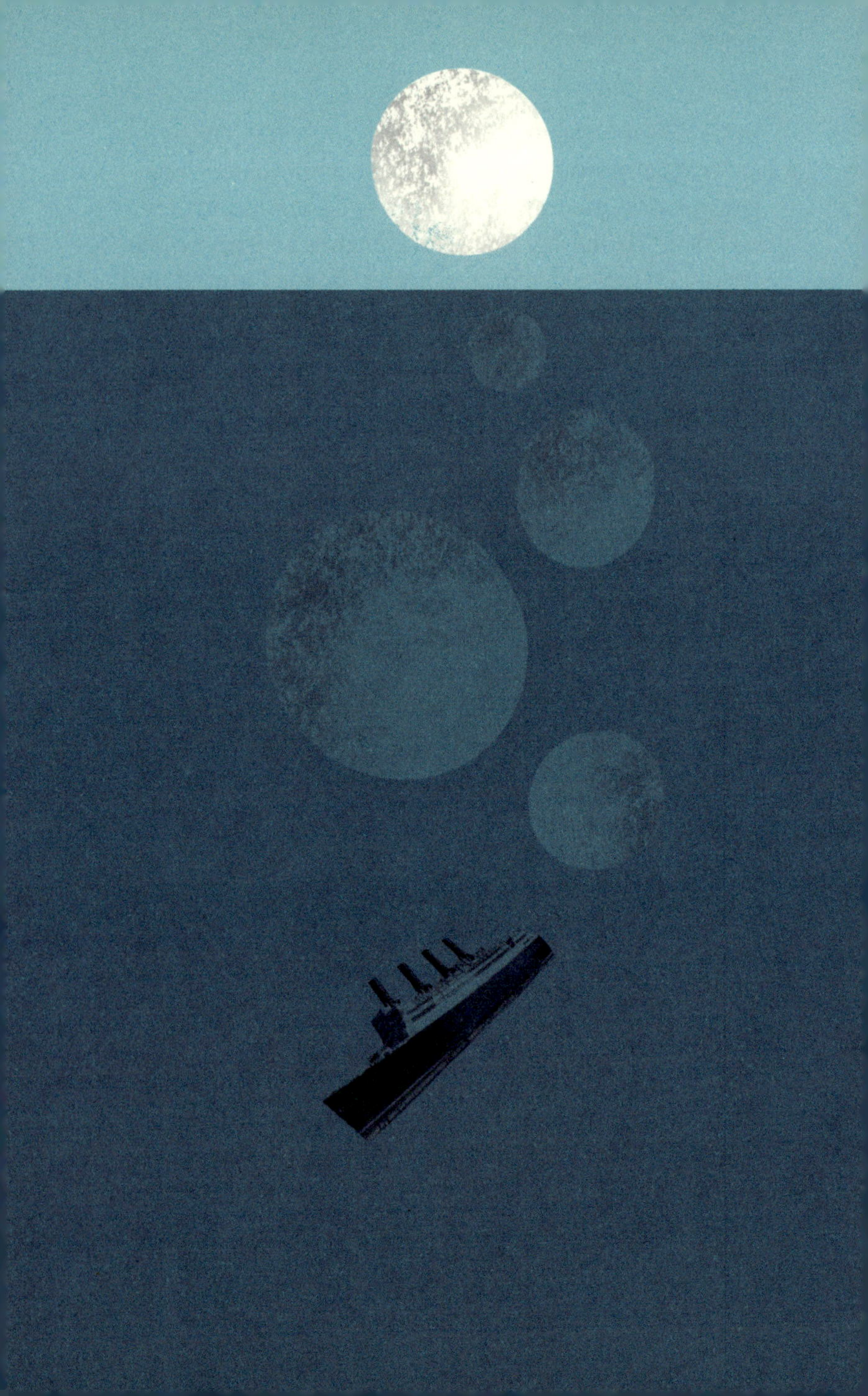

O que se esconde
numa colher de sopa

Num restaurante no centro de São Tomé, enquanto comia uma sopa tradicional, com sabor a coentros, informaram-me que o nome desta erva, em crioulo forro, é *selo sum zon maiá*, que significa "cheiro do Sr. João Maria". Diz-se, verdade ou mito, que o Sr. João Maria foi um alentejano por quem uma mulher se apaixonou e que, por este cozinhar com coentros, batizou assim a erva. "Cheiro do Sr. João Maria". É muito bonito que, numa colherada de sopa, estejamos a comer uma declaração de amor.

Curiosamente, os coentros, depois de florescerem, ganham outro nome, *cundu muala vé*, que significa "cabelo de mulher velha" (esperemos que não tenha sido o Sr. João Maria a batizar assim a senescência dos coentros).

Ouvi da escritora guineense Odete Costa Semedo — que tem a invulgar capacidade de escavar pequenos tesouros nas expressões do quotidiano e detectar aquilo a que, pela constante utilização, nos tornamos insensíveis — alguns exemplos de como a beleza pode esconder-se nas coisas mais triviais, na linguagem de todos os dias. Disse ela que, quando alguém está feliz, quando se sente leve, usa a expressão "os meus pés não alcançam o chão" (*n na ianda, ma nha pes ka na iangasa tchon* / caminho, mas os meus pés não alcançam o chão). Douglas Adams tem uma frase que, de algum modo, se assemelha à expressão anterior, diz que a arte de voar é cair e falhar o chão.

Outro exemplo dado pela Odete refere-se ao modo como nos relacionamos. Quando não vemos alguém durante um tempo, diz-se que não sentimos essa pessoa (*n ka sinti bu mame e dias. I ka sta?* / Não senti a tua mãe por estes dias. Ela não está?).

E ainda deu um terceiro exemplo, que combina beleza e paladar: "sabor" é sinónimo de bom. "Sabe olhar aquela rapariga" é o mesmo que dizer que ela é bonita. É também na Guiné (mas não apenas na Guiné) que, em vez de nos saudarem pela manhã com um "bom dia", nos perguntam como amanhecemos.

Por vezes, viajamos até ao outro lado do mundo para ver uma paisagem impressionante e descobrimos outros tipos de paisagem, que podem estar numa frase que encontramos na boca de alguém, ou na nossa (porque já as dizemos desde que aprendemos a falar, mas tornámo-nos imunes à sua beleza). As coisas tendem a ficar vazias se são repetidas mecanicamente e florescem quando lhes damos atenção. Ao olhar para dentro de expressões, palavras, frases, encontramos outra forma de viagem, a que se esconde numa colher de sopa e que faz com que os pés não alcancem o chão.

A questão do gato morto

"No final da Segunda Guerra Mundial, um ex-combatente, Seymour Glass (conta J. D. Salinger), é convidado para jantar com a família — muito burguesa — da sua noiva, Muriel. Os pais desta, preocupados com as excentricidades do jovem, fazem-lhe a pergunta clássica sobre a carreira que gostaria de seguir depois da guerra. Para grande desconforto dos presentes, ele responde que não tem outra ambição além de ser um gato morto. Naturalmente, os pais de Muriel tomam a resposta como mais uma prova da loucura de Seymour, sem perceberem que aquela maravilhosa personagem (sem dúvida, um novo príncipe Mishkin), um poeta por excelência, se referia a uma antiga parábola zen. 'Qual é o objeto mais valioso do mundo?', perguntam a um mestre zen. 'Um gato morto', responde ele, 'pois ninguém poderá dar-lhe um preço'. A poesia é o gato morto no mundo de consumismo, hedonista e mediático em que vivemos. Não se pode imaginar uma presença mais ausente, uma grandeza mais humilde, um terror mais doce. Ninguém lhe pode atribuir um preço e, contudo, não existe nada mais valioso. Só a encontraremos nas livrarias se tivermos a paciência de chegar às últimas filas das prateleiras" (Cărtărescu, Mircea. *El ojo castaño de nuestro amor*).

Mas a poesia é muito mais do que livros abandonados em estantes recônditas, é um verdadeiro sentido. Mais à frente no mesmo livro, o escritor romeno Cărtărescu desenvolve essa mesma ideia: "No entanto, humilhada e dissolvida no tecido social, quase desaparecida como profissão e como arte, a poesia continua a ser omnipresente e ubíqua como o ar que nos envolve. Pois, antes de ser uma fórmula e técnica literária, a poesia é um modo de vida, é uma maneira de olhar o mundo".

Num outro caso, em que o protagonista também é um gato, o célebre gato de Schrödinger — que não está vivo nem morto, antes pelo contrário —, só definimos o seu estado depois de aberta a caixa onde se encontra. De certa maneira, a poesia é como abrir essa caixa: ao atentarmos no mundo, ele ganha realidade. Podemos estar imersos em ruído sem nos apercebermos do barulho, do mesmo modo que podemos atravessar uma rua sem reparar que havia um malabarista, uma fonte renascentista, um pedinte, dois músicos, uma sé românica, duas de gótico flamejante, um circo de pulgas, etc., ou, pelo contrário, testemunhar todas estas coisas. A rua pode ser um espaço que não está vivo nem morto, mas cuja vida ou morte, amor ou ódio depende de um olhar. A realidade é iluminada pela atenção. Há um cobertor abstrato à nossa volta que se torna palpável se o observarmos, se o sentirmos ou se ele nos forçar a que o testemunhemos. A beleza, o medo, o terror, o inesperado, a harmonia são maneiras de a realidade engordar, de surgirem figuras do seu espaço abstrato, de se revelarem objetos e entidades nomeáveis que, por milagre, saem do caos e ganham carne. É como se alguma coisa nos tocasse fisicamente, nos beijasse, nos magoasse, nos ferisse. Sem qualquer emoção ou sentimento, o mundo é fugaz e volúvel, é frágil e friável. Não nos lembramos da rotina, dos atos banais, quando ela não nos perturbou absolutamente nada, quando não houve interferência que suscitasse ações ou reações ou, posteriormente, recordações. Mas aquilo que provoca versos adquire realidade. O sorriso do Gato de Cheshire, do livro *Alice no País das Maravilhas*, perdura, enquanto o seu corpo se dissolve e retorna ao mundo abstrato das coisas indiferentes.

Além dos tradicionais cinco sentidos, o mundo que vivenciamos exige mais um sentido, que é, na verdade, um potenciador e motor dos demais. É um sentido porque nos permite perceber o mundo que nos rodeia, destruindo a banalidade, a massa indiferenciada que é o barro de tudo: chamemos-lhe sentido poético. Não importa se com a poesia revelamos o horror ou o belo ou o tédio ou a vastidão do cosmos ou as nervuras de uma folha seca, mas, sim, se realizamos a taumaturgia de acordar o mundo. É verdade que o Bem e demais virtudes fazem o prodígio da ressurreição, mas também a dor e o vício: Walter Zieglgänsberger diz que, no nosso cérebro, "o corpo é reproduzido como num mapa. E se o nosso joelho repetidamente nos dói, há cada vez mais células nervosas a receber essa informação ao longo do tempo. Então, o mapa do corpo altera-se: a parte que dói vai aumentando de tamanho e ocupando cada vez mais espaço" (Stefan Klein, *We are all stardust*). E Cărtărescu concorda, pois a "poesia não é somente o texto que não chega ao final da parte direita da página. Está, de facto, em todo o lado, no DNA das nossas células e nas fórmulas matemáticas, nas mulheres bonitas e nos homens bonitos, na forma das nuvens do verão, como também no cadáver putrefato descrito por Baudelaire no poema *Une charogne*". É o sussurrar da primavera ao ouvido da flor, como disse E. E. Cummings, que a faz desabrochar, mas o mundo também ganha realidade com o cheiro de carniça e com gritos de dor.

Porém, se a poesia abre a caixa para encontrar um gato morto ou um gato vivo, para se deparar com a realidade, também tem o espantoso poder de fechar essa mesma caixa e fazer com que a realidade se torne de novo ambígua, ambivalente, contraditória, abstrata. É como respirar. A poesia inspira realidade e expira onirismo[7].

---

[7] Poderia ter falado em atenção em vez de sentido poético, mas a atenção é apenas um estágio diluído do sentido poético. A atenção que desperta a experiência sensorial e permite que o mundo exista pode ser fraca, a atenção que nota algo, como de repente sentir a cadeira onde nos sentamos, mas a atenção plena, que nos tolhe de assombro ou simplesmente nos tinge a alma (para usar a expressão de Bobin), é criadora. Modifica-nos — não saímos ilesos da experiência —, porque é o machado kafkiano ou porque é uma conversa entre nós e o mundo.
Disse Mario Quintana, assegurando que num instante — como o de Blake, um instante poético — poderíamos ser eternos: "Amigos, não consultem os relógios quando um dia me for de vossas vidas... Porque o tempo é uma invenção da morte: não o conhece a vida — a verdadeira — em que basta um momento de poesia para nos dar a eternidade inteira".

Bibliotecas

Na biblioteca do faraó Ramsés II estava escrito por cima da porta de entrada: "Casa para terapia da alma". É o mais antigo mote bibliotecário.

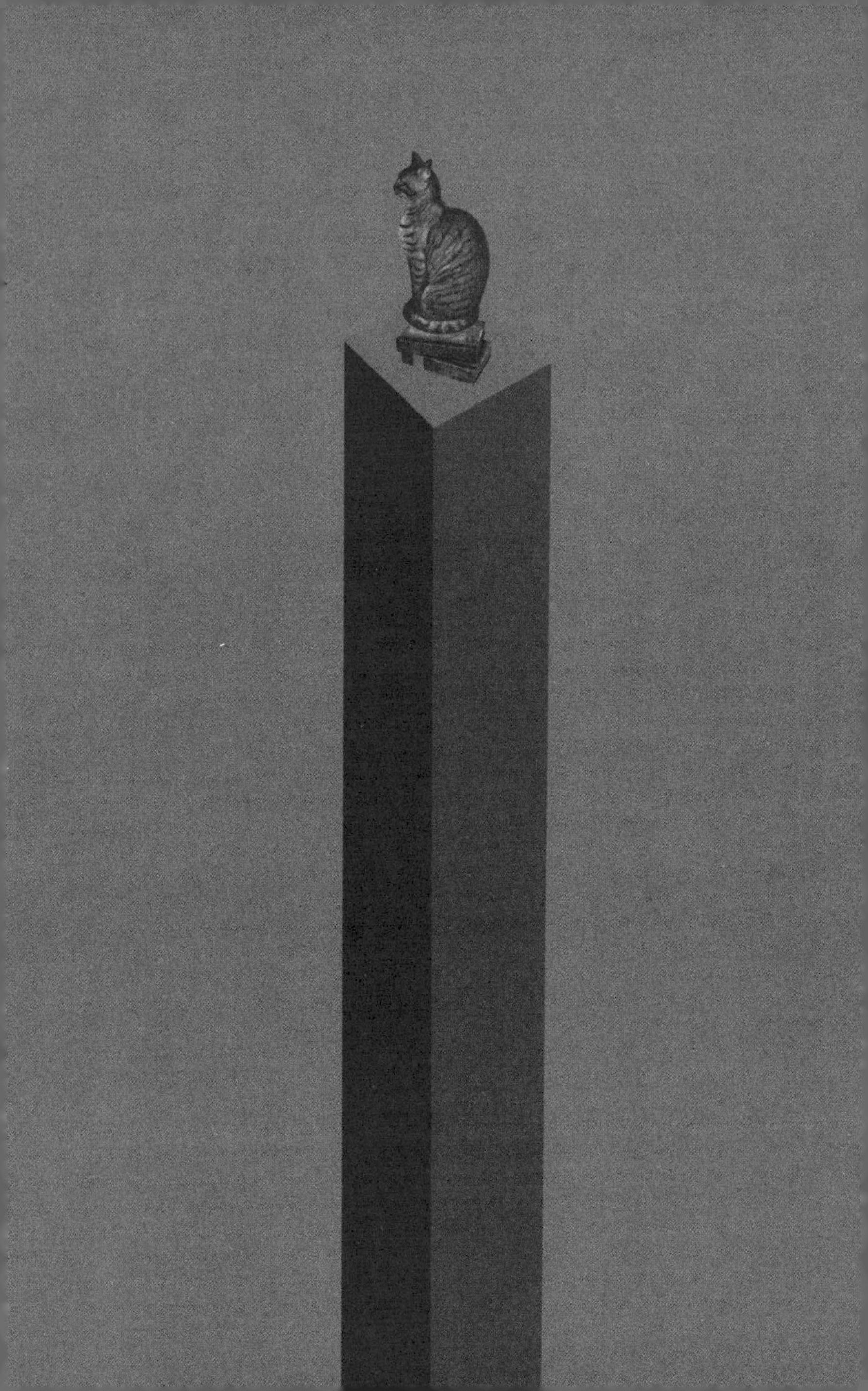

Porque não há muitos leitores

George Steiner diz, em *O silêncio dos livros*, que "a maior parte das pessoas não lê livros. Porém, canta e dança". De facto, a literatura não nos faz dançar (sobre isto, Mario Quintana disse que não sabia dançar, a sua maneira de dançar era o poema) e não nos faz pular, cantar em uníssono e dificilmente move multidões.

Recorrentemente, aparecem pessoas a justificar a falta de leitura com outros entretenimentos que parecem bastante mais apelativos. Foi assim com a rádio, a televisão (nesse tempo, que era o da minha infância, também se culpava o "jogar à bola na rua", por exemplo), e agora com a internet, as consolas de jogos e as plataformas de streaming. A desculpa de que determinado entretenimento nos afasta da leitura sempre foi um argumento muito popular, mas falacioso. Os entretenimentos mudam, mas a vontade de ler continua a ser reduzida (a culpa não é da bola nem da televisão nem das consolas, é a própria natureza da leitura que não congrega multidões, e a única conclusão possível é que, se a maior parte do entretenimento é priorizado em relação à leitura, é porque a leitura não é cativante o suficiente). É possível que uma pessoa que não tenha nada para fazer ou para se entreter prefira o aborrecimento à leitura, e, não raras vezes, vemos crianças a rebolarem-se ou a queixarem-se do enfado, mesmo que estejam rodeadas de livros.

Se a desculpa dos entretenimentos alheios é normalmente veiculada por leitores, os que não leem com assiduidade preferem a desculpa da falta de tempo, argumento que os amantes de livros ouvem com frequência e abominam. No entanto, "não é a falta de tempo que impede a leitura: é a falta de desejo", diz Antonio Basanta. Nem sempre é assim, claro, mas os leitores ouvem muitas vezes frases como "gostaria muito, mas não tenho tempo para ler", "adoro ler, mas o trabalho não deixa", "costumava ler, mas as responsabilidades agora são muitas", etc. Por vezes, estes argumentos são verdadeiros, mas, habitualmente, não passam de desculpas. Qualquer leitor apaixonado encontra um momento entre trabalhos e tarefas para abrir um livro, caminha enquanto lê, lê nos transportes, lê enquanto almoça, lê na casa de banho, lê antes de dormir.

Henry Miller, porém, desprezava esta maneira de ler, em que a concentração não é total. Se a leitura pode ser uma atividade exigente, para ele, devia sê-lo ainda mais, levada a cabo pausada e refletidamente. Essa postura suscitava reações idênticas às mencionadas acima, mas não apenas de quem não costuma ler, também de leitores ("não posso ler dessa maneira, tenho muitas responsabilidades"): "É precisamente àqueles que falam assim que estas palavras se destinam. Quem receia negligenciar os seus deveres lendo vagarosa e ponderadamente, cultivando os seus próprios pensamentos, irá negligenciar os seus deveres de qualquer maneira, ou por motivos piores (...) Se a leitura de um livro nos agitar tão profundamente, a ponto de nos fazer esquecer as nossas responsabilidades, é porque estas últimas não têm grande significado para nós".

A leitura é um processo lento e muitas vezes ciumento, possessivo. O livro pede a nossa atenção total e exclusiva. Outras atividades não têm tantos ciúmes e permitem-nos realizar várias ao mesmo tempo (cantarolar, dançar, pensar e cozinhar, por exemplo, podem coabitar na mesma pessoa e no mesmo espaço e tempo). Muitas vezes, ler exige silêncio e recolhimento (precisamente a antítese de outras atividades lúdicas, talvez, aquelas de maior adesão) e tende a subtrair-se a qualquer gregarismo. A dedicação que um livro deseja para si tem uma gratificação menos imediata do que outras formas de fruição artística ou entretenimento. Christian Bobin, em *Um vestido curto de festa*, vê assim essa contemplação a que a leitura parece obrigar-nos, dizendo que é "como rezar. Os livros são como rosários de tinta negra, cada conta rolando entre os dedos, palavra após palavra. E o que é realmente rezar? É silenciar-se. Afastar-se de si no silêncio".

No entanto, apesar de a leitura ser claramente menos cativante para a maioria das pessoas do que outras formas de ócio, há quem ache, como Héctor Abad Faciolince, que a literatura é contagiosa: "A literatura, como a peste e as religiões, contagia-se de pessoa para pessoa, e viaja oralmente, pelo ar, mas também alojada nessas extensões de memória e da voz humana a que chamamos livros".

Mas, ao contrário da peste, é endémica (uma pandemia de leitura é implausível), circunscrevendo-se ao pequeno território constituído pelos leitores assíduos, propagando-se com parcimónia, preguiçosa e paulatinamente, escolhendo com serenidade a próxima vítima, que, com grande probabilidade, jamais se curará.

Os livros são seres pacientes. Imóveis nas suas prateleiras, com uma espantosa resignação, podem esperar décadas ou séculos por um leitor.

História do leitor presidiário

Em 2013, publiquei um livro cuja primeira edição incluía dois exemplares especiais, versões diferentes do original. Ao todo, eram três livros diferentes, iguais no conteúdo exceto no final: havia três desenlaces distintos para o mesmo enredo (dois exemplares únicos entre os "normais"). A edição tinha no cólofon o método para o leitor descobrir se estava na posse de um livro especial ou de um livro comum. Dizia: "Se o seu exemplar contém a palavra Ankara, contacte-nos".

Passados alguns meses da data de publicação desse romance, a editora recebeu uma longa carta de um leitor — que se encontrava preso por homicídio no estabelecimento prisional de Santa Cruz do Bispo — que dizia ter encontrado a tal palavra. O lugar e a personagem onde ele descobrira a palavra "Ankara" estavam corretos, por isso decidi visitá-lo e levar-lhe uns livros oferecidos pela editora.

Quando cheguei, e depois de passar por todos os protocolos de segurança, encontrei-me com a diretora da prisão, que optou por não o avisar da minha visita e fazer disso surpresa. Conversámos uns minutos até ele aparecer. Espreitou para dentro da sala antes de entrar. Recuou uns passos. Voltou a espreitar e entrou.

Tinha o vício dos livros, tal como eu. Havia viajado muitíssimo, provavelmente mais do que eu, e conhecia o Oriente muito bem, seguramente melhor do que eu. Pintava, não faço ideia se melhor ou pior do que eu. Tinha o cabelo rapado e barba. As semelhanças eram demasiadas, e fiz notar isso. Respondeu-me que um dos seus filhos havia comentado a possibilidade de trocar a fotografia da badana dos meus livros e substituí-la pela dele, tal era a semelhança, apesar da nossa diferença de idade.

Contou-me que, certa vez, viu a primeira edição da *Enciclopédia* de Diderot e d'Alembert, todos os 28 volumes, à venda num alfarrabista e quis comprá-la. Pediu dinheiro emprestado a vários amigos, mas quando finalmente conseguiu reunir a quantia necessária, já a *Enciclopédia* fora vendida.

Tinha tido várias bibliotecas que perdeu (não interessam os motivos) e a última fora construída enquanto cumpria pena. Na altura, uma nova lei que proibia os reclusos de terem mais de dois ou três livros na cela tinha acabado de ser posta em prática, e ele teria de abdicar da biblioteca. A diretora, sabendo da sua paixão pela leitura, prontificou-se a abrir uma exceção, mas ele, agastado com o conteúdo da lei, renunciou a esse tratamento especial e pediu (não me recordo se a um amigo ou familiar) que lhe guardassem os livros num armazém.

Conversámos bastante sobre literatura, ele ofereceu-me umas laranjas (a prisão tinha um mercado com uma janela para o exterior por onde se vendia fruta cultivada dentro do recinto prisional) e, por fim, despedimo-nos. Quis, antes de partir, saber qual dos exemplares especiais ele tinha encontrado e pedi-lhe que me contasse o final. Contou-me o final normal. Disse-lhe que esse não era o final de um dos livros especiais. Ele ripostou dizendo que nunca disse ter um livro especial. Disse apenas que sabia onde estava a tal palavra, "Ankara".

"Como assim?", perguntei.

"Aqui temos muito tempo", disse ele. "Li o livro até encontrar a resposta".

O que ele havia feito fora, por dedução, chegar ao lugar onde eu teria colocado a tal palavra. Acontece que a coloquei ali apenas por contingência: no caderno final do livro, porque era também esse o caderno que teria o final diferente e, por questões económicas, sairia mais barato mudar apenas um caderno durante a impressão. Essa fora a única razão da escolha do segmento onde colocar a palavra "Ankara" (sugestão que nem sequer partiu de mim). A própria escolha da palavra não teve qualquer razão especial, coloquei-a na boca de uma personagem secundária, mas faria tanto ou mais sentido ter sido colocada na boca de uma personagem principal ou até ter escolhido uma outra palavra. Resumindo, a escolha, tal como a concebi, não foi propriamente planeada. Mas talvez ele tenha encontrado uma razão onde eu não a encontro. Talvez me conheça melhor do que eu, ou seja uma forma paralela, borgesiana, mais racional daquilo que sou.

Saí da prisão incrédulo. Peguei na carta dele para a reler e tentar compreender melhor o que se passara. Sentia-me confuso. Mas a confusão era apenas minha. Ele sabia, sem vacilar, onde estava a palavra e por que motivo (verdadeiramente) ali estava. E tinha razão.

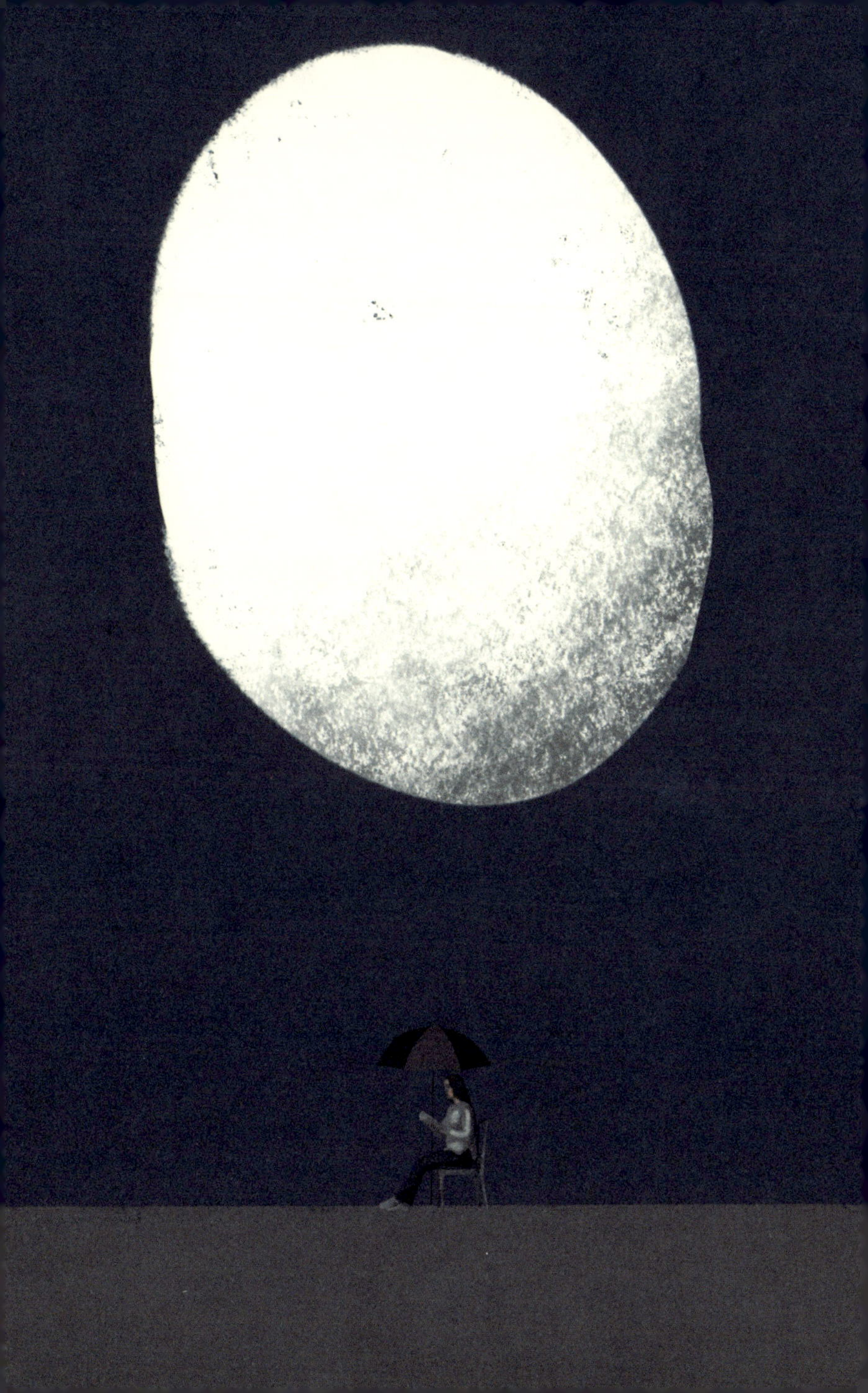

Gatos

Há quem relacione gatos com escritores (e também com leitores).

Os gatos brincam com as suas presas, vêm aos esses quando os chamamos, enfim, rodeiam as coisas antes de as sentenciarem, não correm para o destino, fazem durar a viagem, como num jogo. Isso é o miolo de qualquer história. Se temos uma personagem que tem um desejo e simplesmente o concretiza, não temos nada. Para contarmos uma história, temos de dar as voltas necessárias até chegarmos ao destino, não podemos chegar lá diretamente, sem tensão, dificuldades, gozo, embelezamentos, obstáculos. Temos de escrever como os gatos caminham quando os chamamos. Não sei se os gatos gostam de escritores, mas são duas espécies claramente aparentadas: por trabalharem sós, pela contemplação e observação e curiosidade[8]. Quando um escritor levanta a cabeça do

---

8 É também interessante notar que a curiosidade, tipicamente felina — mas igualmente comum entre outras espécies, como os profissionais que valorizam a criatividade no seu trabalho ou os leitores ávidos de saber o que acontecerá à duquesa de Langeais —, pode ser uma virtude moral:

teclado para meditar sobre uma personagem, quando para para tentar encontrar a palavra justa, quando olha pela janela para tentar desfazer um nó do enredo, tem um comportamento felino. Um gato poderá encontrar, nesse tipo de gestos, uma espécie de identificação.

Aldous Huxley, quando um jovem que queria ser escritor lhe pediu conselhos sobre escrita, sugeriu que comprasse uns gatos e os observasse.

"Agora, todos sabemos que a curiosidade é condição necessária, até mesmo a primeira das condições, para todo o trabalho intelectual ou científico. Mas quero acrescentar que, em minha opinião, a curiosidade também é uma virtude moral. Uma pessoa interessada é uma pessoa um pouco melhor, um progenitor melhor, um parceiro, vizinho e colega melhor do que uma pessoa não curiosa. Um amante melhor também.
Permitam-me sugerir que a curiosidade, juntamente com o humor, são dois antídotos de primeira linha ao fanatismo. Fanáticos não têm senso de humor e raramente são curiosos. Porque o humor corrói as bases do fanatismo, e a curiosidade agride o fanatismo ao trazer à baila o risco da aventura, questionando, e às vezes até descobrindo que suas próprias respostas estão erradas" (Amós Oz, *Como curar um fanático*).

A falta que faz um Homero

A certa altura, alguém perguntou ao general ateniense Temístocles (conta Plutarco) se preferia ser Aquiles ou Homero. A resposta de Temístocles, talvez precipitada, veio em forma de pergunta: "Preferias ser um vencedor dos Jogos Olímpicos ou o arauto que conta os seus feitos?".

O desprezo por Homero é infundado. Na verdade, talvez Temístocles preferisse ser um guerreiro valente e intrépido, mas seguramente, na sua vida, faltou-lhe Homero. Hoje, poucos se lembram dele. Devidamente cantado, mesmo que a sua vida se resumisse a um beijo, a um esgar, a um passeio pelo campo, hoje seria lido e relembrado. E ser lido é uma ressurreição, é fazer voltar à vida. Ler é um "levanta-te e anda".

Sóstrato de Cnido, arquiteto do farol de Alexandria, acreditava que o seu nome haveria de perdurar. O farol da Ilha de Faros seria a sua eternidade, e o arquiteto fez o seguinte (segundo Luciano de Samósata): gravou o seu nome na pedra da torre e, por cima, pôs uma camada de gesso onde escreveu o nome do rei (Ptolomeu I) que mandou construir essa que seria uma das sete maravilhas do mundo antigo. O gesso caiu anos depois, ficando à vista a assinatura do arquiteto na pedra e desaparecendo o nome de Ptolomeu I. Bom, nem tudo dura para sempre, caro Sóstrato, e o farol de Alexandria não foi exceção (com um pouco de Homero, teria ficado mais enraizado na História). Mas a ideia, a crença de que a autoria sobrevive ao ato, de que o espírito sobrevive à matéria, de que a poesia sobrevive às contas que temos de pagar (incluindo as da luz, tão a propósito do tema arquitetónico) era inerente ao raciocínio de Sóstrato. Luciano corrobora a atitude do arquiteto, dizendo que ele "não olhava simplesmente para o tempo e espaço da sua curta vida, mas para a eternidade, ou, pelo menos, até à duração do farol. Essa deveria ser a preocupação do historiador, a verdade e não a lisonja, olhar para a esperança do futuro e não para a gratificação dos vaidosos".

Alexandre, o Grande, apesar de muito mais clarividente do que Temístocles, não teve o privilégio de contar com o Homero de que precisava, porque os homeros são muito raros, mas o facto de se aperceber da importância do poeta para a sobrevivência do herói mostra como compreendia o tempo e como era capaz de olhar para a sua vida através dele, tal como nós olhamos para uma paisagem através de uma janela. Uma noite, Alexandre viu — talvez uma aparição — um mensageiro a correr para ele, felicíssimo, de mão estendida[9]. Perguntou-lhe que novidades trazia, se Homero havia retornado dos

9   Alexandre dormia com a *Ilíada* e uma faca debaixo da sua almofada. Segundo Kafka, um livro deve esfaquear-nos ou não serve para nada. Talvez Alexandre dormisse apenas com a *Ilíada* e a faca não passasse de uma expressão para dizer que aquele era um desses livros.

mortos. Porque, explica-nos Plutarco, a Alexandre só faltava, depois de tantas conquistas, quem as contasse com a mestria de Homero. Havia o perigo de, sem a poesia devida e proporcional a essa grandeza, todas as suas vitórias se perderem[10].

Numa outra ocasião, Alexandre foi ferido no tornozelo e muitos acorreram, crentes de que ele era um deus, para tentar perceber o que se passava. A sorrir, Alexandre disse-lhes que era sangue, que deitava sangue, e não aquilo que Homero descreveu como "o líquido que destila de deuses sagrados". E aqui não cumpriu a sua crença na transmutação que a palavra opera. Escorria apenas sangue. Não deixa de ser bela esta proximidade ao barro e aos homens e ao século, mas a verdade é que apareceram poetas suficientes (mesmo com défice de Homero) para converter o seu sangue em substância sagrada, augusta e veneranda.

Todos deitamos sangue, mas, graças aos poetas, alguns passam a destilar "aquele líquido sagrado". A presença de Homero opera a transmutação radical e a sua deficiência causa esquecimento. Temístocles preferia ser Aquiles, mas somente porque Homero o imortalizou, ou, de outro modo, nem saberia da sua existência[11].

---

10 "Alexandre fez realizar as suas mais incríveis fantasias. O historial das suas conquistas, alcançado em apenas oito anos — Anatólia, Pérsia, Egito, Ásia Central, Índia —, catapulta-o para o auge dos feitos militares. Em comparação com ele, Aquiles, que perdeu a vida no cerco de dez anos a uma única cidade, parece um simples principiante" (Irene Vallejo, *El infinito en un junco*).
11 A favor de Temístocles, conta-se que preferiu casar a sua filha com um homem pobre mas instruído em detrimento de um outro pretendente, que era rico mas ignorante, porque preferia um homem que precisasse de riqueza do que riqueza que precisasse de um homem.

Todos deitamos sangue, mas um bocadinho de Homero nas veias faz-nos viver um pouco mais. Um bocadinho de Homero, e existimos com mais convicção, ou como disse Canetti: "O que um poeta não vê não aconteceu".

O poeta que foi assassinado pelos próprios livros

Vejo a morte de Séneca como exemplo da morte filosófica: na banheira, com os pulsos cortados. O mesmo pode dizer-se da morte de Sócrates, com cicuta. Como exemplo da morte literária, imagino a do sábio árabe Al--Jahiz, que foi morto pelos próprios livros: caíram-lhe em cima e esmagaram-no. Não foi o único a sucumbir ao peso dos livros: leio em *Biblioteca cheia de fantasmas*, de Jacques Bonnet, que o pianista e compositor Charles--Valentin Alkan morreu a 30 de Março de 1888 esmagado pela sua biblioteca.

Qualquer bom leitor, quanto maior for a sua biblioteca, mais sente o peso esmagador do que leu e, principalmente, do que não leu (nem sempre é mau, como se verá adiante) e nunca poderá ler, ainda que, felizmente, o faça de forma menos literal do que os exemplos antes referidos.

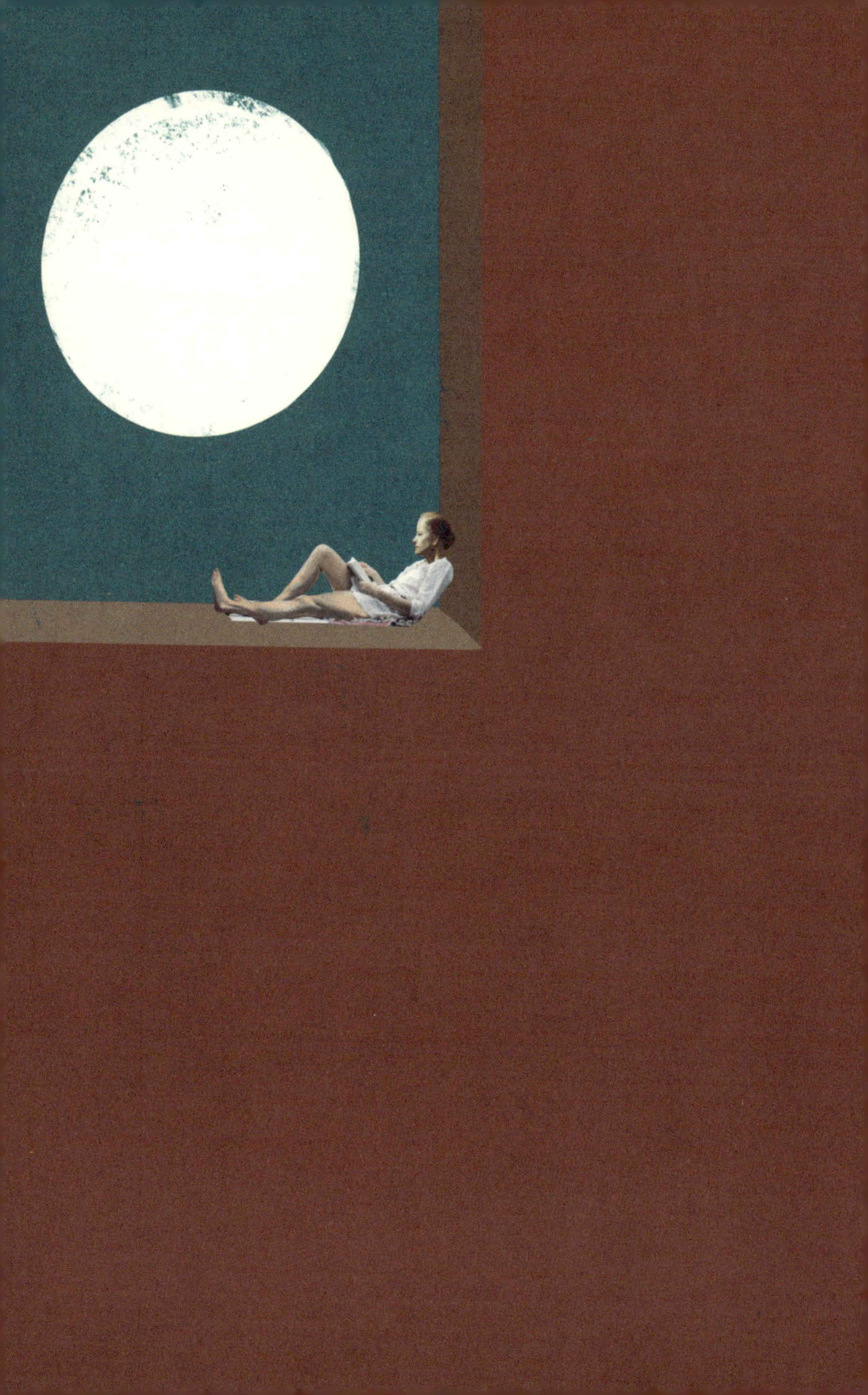

Como encontrar felicidade nos livros que não lemos

Por vezes, os livros que não são lidos podem assumir um ar acusador. Muitos leitores sentem alguma culpa quando olham para pilhas de livros por ler. No meu caso, considero estes livros uma possibilidade de ser livre: não tenho apenas um livro para ler, tenho muitos, e isso permite-me escolher o próximo (dentro de um espectro variado de possibilidades). No fundo, concordo com Jules Renard quando escreveu em *Notas sobre el oficio de escribir*: "Quando penso em todos os livros que tenho para ler, tenho a certeza de ainda ser feliz".

Por amor
de um verso

"Por amor de um verso", escreveu Rainer Maria Rilke em *Os cadernos de Malte Laurids Brigge,* "têm de se ver muitas cidades, homens e coisas, têm de se conhecer os animais, tem de se sentir como as aves voam e de seguir o gesto com que as flores se abrem pela manhã. É preciso poder tornar a pensar em caminhos em regiões desconhecidas, encontros inesperados e despedidas que se viram vir de longe". Assim começa um trecho que é uma espécie de definição da inspiração, de como surge, de onde vem. Se Rilke aponta, em primeiro lugar, a viagem como fonte da inspiração, logo percebemos que é insuficiente para que nasça um verso. Há também que pensar ou tornar a pensar "em dias de infância ainda não esclarecidos, nos pais que tivemos de magoar quando nos traziam uma alegria e nós não a compreendíamos (era uma alegria para outro), em doenças de infância que começam de maneira tão estranha, com tantas transformações profundas e graves, em dias passados em quartos calmos e recolhidos, e em manhãs à beira-

-mar, no próprio mar, em mares, em noites de viagem que passaram sussurrando alto e voaram com todos os astros — e ainda não é bastante poder pensar em tudo isto". Não me lembro de quem disse que para escrever basta ter sido criança, ter tido uma infância — sentença que ouço repetidas vezes na boca de vários escritores —, mas Rilke, pelo contrário, garante não ser suficiente. E continua: "É preciso ter recordações de muitas noites de amor, das quais nenhuma foi igual a outra, de gritos de mulher no parto e de parturientes leves, brancas e adormecidas que se fecham. Mas também é preciso ter estado ao pé de moribundos, ter ficado sentado ao pé de mortos no quarto com a janela aberta e os ruídos que vinham por acessos". Talvez o amor e a dor pudessem ser melhores candidatos, talvez pareçam mais capazes de nos inspirar, ou talvez o somatório de todas estas experiências e recordações antes mencionadas possam ser o lugar de onde vêm os poemas, mas, mais uma vez, com precisão rítmica, Rilke nega essa possibilidade, sempre por insuficiência: "E também não é ainda bastante ter recordações". O trecho chega então à sua conclusão: "É preciso saber esquecê-las quando são muitas, e é preciso ter a grande paciência de esperar que elas regressem. Pois que as recordações mesmas ainda não são o que é preciso. Só quando elas se fazem sangue em nós, olhar e gesto, quando já não têm nome e já não se distinguem de nós mesmos, só então é que pode acontecer que, numa hora muito rara, do meio delas se erga a primeira palavra de um verso e saia delas".

Esta última parte da passagem citada levou o filósofo Mark Rowlands a cunhar o termo "memórias rilkeanas".

Somos feitos de experiências que já esquecemos, que constantemente esquecemos, do mesmo modo que somos feitos daquelas que recordamos — as tais que Rilke diz não serem suficientes por si mesmas —, sendo a inspiração fruto de tudo o que foi experimentado, com a condição de este "experimentado" ter sido entranhado e transformado em corpo e sangue e potência e ato ("sangue em nós, olhar e gesto, quando já não têm nome e já não se distinguem de nós mesmos"). Assim, quando toda a experiência, qualquer tipo de experiência, se encarna e se converte em natureza, na nossa, é nessas circunstâncias que as palavras podem emergir metamorfoseadas em qualquer coisa rara, como um poema.

A questão das memórias rilkeanas é também iluminadora no que respeita à identidade, e é por esse motivo que a perda de memória, pelo menos uma parte dela, não implica uma erosão total da personalidade, pois, como escreveu Ben Platts-Mills, precisamente sobre este assunto, "a identidade não é propriedade exclusiva da mente ou do cérebro ou de quaisquer funções destes. A identidade é uma propriedade de *todo o corpo*, e todo o corpo está implicado no modo como a personalidade e o indivíduo podem persistir face ao esquecimento contínuo"[12].

A memória rilkeana diz-nos que a identidade é um sistema complexo que não pode ser confinado a um órgão específico, mas à totalidade do indivíduo, sangue, olhar e gesto, porque as recordações (como funções ou manifestações do cérebro) não são suficientes. É desse lugar total que nascem coisas raras. E, seguramente, versos.

---

12 PLATTS-MILLS, Ben. *Memory involves the whole body. It's how the self defies amnesia*. 2020.

Biblioteca
pessoal

Um vizinho do meu avô, dono de uma fábrica, mandou serrar os seus livros para estes caberem na estante que tinha acabado de comprar.

Ouvi esta história em criança, mas haveria de a reviver, de outra forma muito mais sofisticada, cerca de uma década depois, quando um grande amigo — daqueles com os quais construímos a nossa personalidade na adolescência —, tendo uma coleção de HQs relativamente grande, decidiu um dia vender os livros, pois queria tê-los em capa dura. Eu e outros amigos (todos muito próximos) comprámos-lhe então aqueles que não tinham capa dura. Com o dinheiro que recebeu da venda, refez o que conseguiu da sua coleção, desta feita em capa dura (sendo estes bem mais caros do que os outros que tinha vendido, que eram usados e com acabamentos mais humildes). Passado pouco tempo, a sua coleção de HQs era muito menor. Mas rapidamente se apercebeu de que os livros nas edições portuguesas não tinham todos o mesmo tamanho, variando a altura das lombadas em alguns milímetros. Irritado com a imperfeição, vendeu os livros todos e com o dinheiro da venda comprou edições francesas, cujas medidas eram exatas e exibiam a linha reta paralela à prateleira que muitos bibliófilos gostam de ver nas suas estantes. A coleção de HQs, claro, minguou consideravelmente. No entanto, as lombadas estavam perfeitamente alinhadas numa retidão comovente.

É possível organizar uma biblioteca de modo a representar um ser humano: os livros que lemos construíram-nos, constroem-nos, construir-nos-ão. O modo como os juntamos denuncia-nos: os preferidos todos juntos, ou a dialogarem com os inacabados, com os por abrir, tentando fazê-los melhores; poetas ao lado de cientistas ou, pelo contrário, na prateleira mais afastada. Há também que contar com a desordem e a surpresa que ela permite. Arnoldo Kraus escreveu, em *Apología del libro*: "A minha entropia contagiou os meus livros. Apesar de não deixar de me incomodar, é bem-vinda. Ler o que não pretendia ler nesse momento, reler um livro colocado no sítio onde devia estar o livro que procuramos possibilita encontros inesperados. É a lei do acaso: Deus inventou-o para explicar determinadas situações, ou o acaso inventou Deus para facilitar a aceitação do inexplicável?".

Borges dizia que uma biblioteca é uma autobiografia. A minha autobiografia já não me cabe em casa.

Gugudadismo

Não é incomum ler artigos sobre livros para crianças com críticas mais ou menos semelhantes, apontando o dedo a qualquer texto ou imagem que não corresponda àquilo que um adulto conservador considera como adequado para crianças, criticando qualquer tema ou abordagem que tenha alguma frescura ou criatividade e que permita que a criança se divirta tanto quanto aprenda, pelos seus meios e pela sua capacidade de interpretação, mais do que por um excesso de didatismo. Os livros pensados desse modo não são para crianças, são para uma ideia de criança que certos adultos têm. Mais, os bons livros não são dirigidos a nenhum leitor presente, mas a leitores futuros, porque devem encontrar--se com o leitor, não naquilo que ele é ou conhece, mas precisamente num lugar que lhe é ainda desconhecido.

Um exemplo recorrente é a crítica que se faz ao uso de cores escuras. Não devemos usá-las, dizem. (Quando comecei a ilustrar, a cor negra era "proibida". Até que saiu o belíssimo *Livro negro das cores* e tudo mudou.) Imagino que seja terrível que uma criança tenha contacto com o anoitecer, as sombras, a escuridão e com coisas tão abomináveis como o xisto, a terra, alguns cabelos, alguma tez, chocolates, etc., todas elas de cores pouco claras. Eu sei que nem toda a realidade é boa, mas tenho dificuldade em qualificá-la pela escuridão dos seus matizes. Curiosamente, comidas muito pouco saudáveis têm embalagens alegres, com cores vivas e garridas. As mesmas pessoas que se incomodam com o entrevamento das cores não parecem importar-se com a histeria tonal destas embalagens nem com o que elas representam.

Entre as críticas mais comuns apontadas a alguns livros de literatura infantojuvenil, há uma que me comove particularmente: as crianças não devem ler nos livros que lhes são dirigidos palavras que não conhecem. Eu próprio já cometi a ousadia de ter na capa de um álbum ilustrado a palavra "misantropo", que obviamente não pertence à lista de vocábulos aceites por gugudadistas. Não é uma "palavra infantil" e não devemos expor as crianças a tamanho perigo. Pode dar-se a fatalidade de, depois disso, ficarem a conhecer o significado de mais uma palavra e chegarem a adultas sabendo mais do que gugudadá.

"Misantropo" não é difícil de explicar (pessoa que não gosta de outras pessoas), mas o mais assustador, muito mais do que cores escuras, é o facto de alguém acreditar que um leitor, criança ou adulto, deve conhecer tudo o que lê, que não deve encontrar novidade nenhuma, que não deve deparar-se com situações novas, palavras novas, frases novas. Os livros, dependendo da sua qualidade, têm características perturbadoras e inovadoras. Quando não acontece, deixam muito a desejar. Como antes disse, um bom livro dirige-se ao futuro de cada leitor e não ao seu presente. Quando abrimos um livro, disse Graham Greene, abrimos um futuro.

Se as crianças nos pedem rebuçados para o jantar, pode ser que lhes façamos a vontade, porém, a maior parte de nós insistirá nos brócolos. As crianças podem querer somente palavras que conhecem, aquelas que pertencem ao índice gugudadista das palavras aceites ou toleradas, mas as palavras-brócolos (sem qualquer desprimor para as palavras-rebuçados, que também fazem falta) garantem um crescimento saudável. Pelo menos para quem ambiciona chegar aos oitenta balbuciando um pouco mais do que gugudadá.

O que se esconde debaixo de um poema

Um poeta, quando escreve um poema e levanta a folha onde o escreveu, descobre uma infindável pilha de poemas onde foi escrita toda a poesia que precedeu o seu poema, e ao pousar essa mesma folha verá que já contém o peso de incontáveis poemas escritos sobre aquele que acabou de escrever.

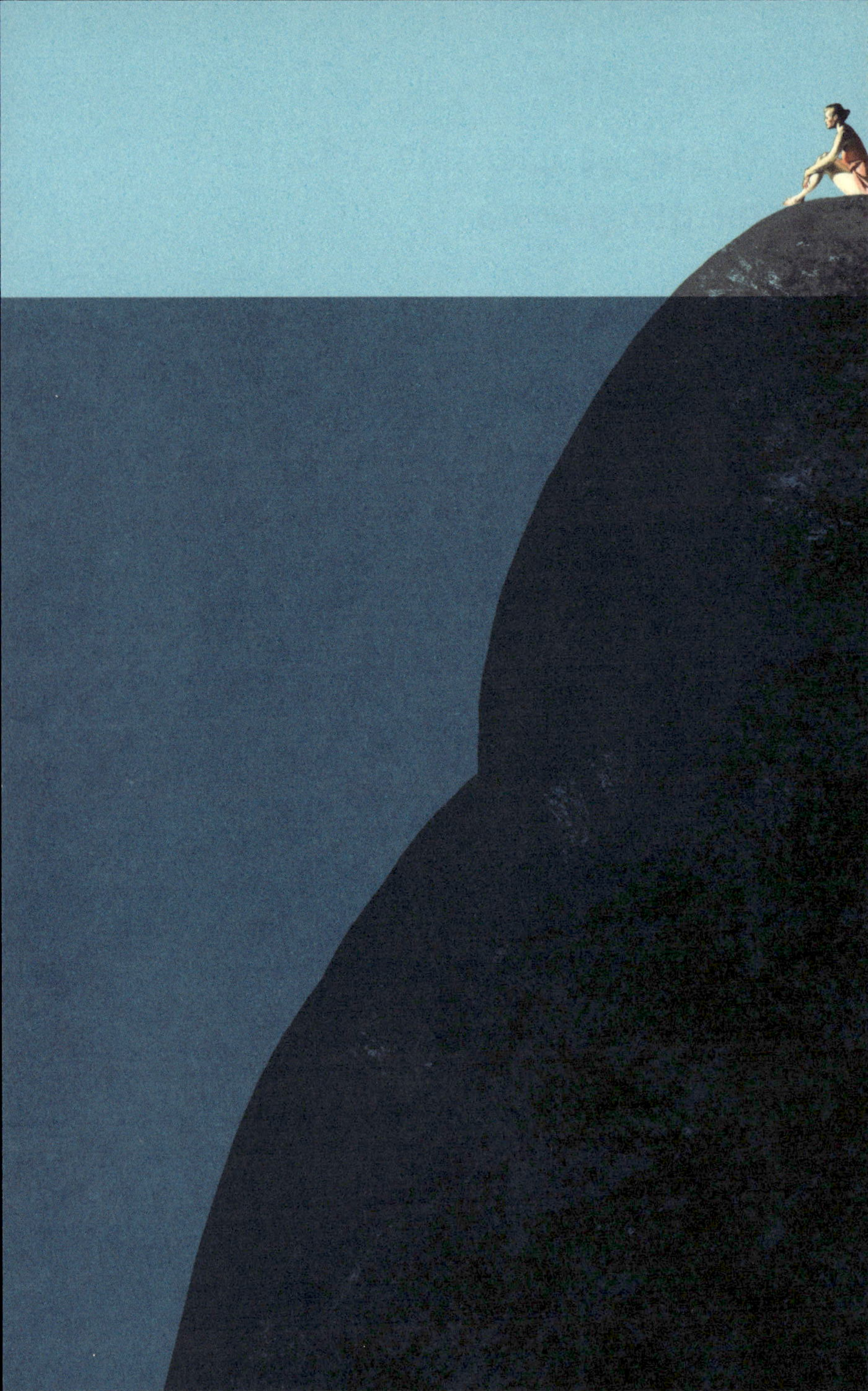

As histórias que se estragam

Num conto intitulado *Conversa de quintal*, Olinda Beja, escritora santomense, põe uma personagem a dizer que tem na sua cabeça um mundo de histórias a estragar-se (*Eu tem um mundo de sóya aqui no cabeça a estragá*).

Culpamos muitas vezes as novas tecnologias e as redes sociais pelo desinteresse a respeito de certas tradições e partilhas culturais e, por isso, as histórias ficam a estragar-se na cabeça de algumas pessoas. Eu, na altura em que poderia ter impedido uma série de histórias de se estragarem, cometi exatamente o mesmo erro, o da indiferença. Hoje tenho muita pena de não ter ouvido dos meus avós, da minha mãe, as histórias que poderia ter ouvido. Como não havia redes sociais, creio que o culpado só posso ser eu. Penso que o meu caso não será único, e muitos de nós deixaram histórias estragar--se, assim como verão muitas das suas a definhar sem se cumprirem, sem terem a possibilidade de sair e habitar outro corpo, não por causa das redes sociais, nem por causa de culpados anteriores, a televisão ou as brincadeiras de rua, mas por mero desinteresse ou, se quisermos, incapacidade para avaliar e detectar as riquezas que nos cercam. O que nos interessa na juventude não é o mesmo que nos interessa na maturidade ou na velhice, e isso é um problema difícil de sanar. Em África, repete-se muito um conhecido adágio: quando morre um velho, desaparece uma biblioteca.

Podemos fazer grandes viagens, Samarcanda, Bagdade, Wadi Rum, Agra, podemos subir as montanhas mais altas, deixar pegadas num deserto africano, dormir com leões e nadar com tubarões, fotografar auroras boreais, cavalos selvagens e vulcões zangados, mas há viagens mais próximas, demasiado próximas, que têm mais grandiosidade do que as maiores e mais belas quedas-d'água ou picos nevados ou selvas luxuriantes ou imponentes túmulos de pedra. A grande viagem começa, por vezes, ao nosso lado, pode estar a um pequeno percurso de carro ou de autocarro ou a pé ou de bicicleta, pode ser facilmente encontrada no interior do país, por exemplo, onde a solidão se cultiva com mais zelo do que os campos de searas, pode estar no café de uma esquina ou no quintal. Pode estar sentada na nossa sala[13]. Há grandes viagens que se deitam todos os dias em nossa casa e sonham sozinhas. A essas viagens fundamentais, as mais belas de todas, chamamos simplesmente "disponibilidade para ouvir".

É isso que salva as histórias de se estragarem: não é preciso gastar uma fortuna num hotel charmoso nem levar passaporte ou boletim de vacinas, basta sentarmo-

---

13 "Essas distâncias astronômicas não são tão grandes assim: basta estenderes o braço e tocar no ombro do teu vizinho." (Mario Quintana, *Caderno H*)

-nos e fazer com que esse mundo, esse mundo imenso de histórias, não se esboroe. É evidente que isso pode ser feito na Cochinchina ou no Japão ou em Moçambique, e que essa Cochinchina, esse Japão e esse Moçambique serão uma viagem muito mais espessa e rica do que simplesmente passar por esses lugares como turistas-fantasmas, atravessando tudo, sem nos determos em nada, mas não será surpresa para ninguém perceber que há mundos de uma vastidão assombrosa no nosso quotidiano ou muito perto, a uns passos, a uns minutos, a umas horas.

Disse Antonio Basanta, no livro *Leer contra la nada*: "A primeira biblioteca que conheci na minha vida foi a minha mãe (...) Cada noite, antes de dormir, visitávamos as estantes da sua memória". Ouvi Juan Villoro dizer que as histórias não deviam começar por "era uma vez", mas sim por "era uma voz". E acrescentou: "As histórias são muito diferentes se contadas pela voz de quem nos ama". É a ouvir que damos os primeiros passos para a construção da nossa própria essência, através da partilha de histórias.

Porque tudo se resume a isto: a maior viagem possível é ouvir.

A voz dos livros

Se os objetos falam, como qualquer arqueólogo sabe, os livros estão entre os objetos mais eloquentes de todos. Ao gravar histórias, gravamos almas. Esse futuro anunciado de podermos descarregar-nos para um computador existe no modo como nos escrevemos, ou seja, como escrevemos as nossas histórias. É certo que estas podem ser transmitidas oralmente, mas a eficácia do livro é imensa e capaz de atravessar séculos. Um livro é a primeira forma física de vida depois da morte, como um corpo glorioso capaz de preservar a alma de quem o escreveu. Mas não se limita a salvar seres humanos do olvido, fá-lo com muitas outras coisas: antigos navios, muralhas e templos, árvores, flores, caminhos, vulcões, pedras, chuva, tudo isto se plasma nas palavras e subtrai-se à sua própria efemeridade[14].

14 Somos pó, como nos garantiu Job, mas também podemos ser tinta. Ao escrever, passamos os nossos pensamentos para outro corpo, como para uma folha de papel, por exemplo. Transferimos a alma para papel, e o mais notável é que é bem possível que essa alma, num corpo tão frágil como uma folha, nos sobreviva. Passados mil anos, o pensamento de alguém que há muito se transformou em pó subsiste numa folha de papel.

Como conclusão, deixo o exemplo de um caso de que já falei noutro livro, mas que me emociona e me parece um grande exemplo da voz dos livros e de como podem falar por nós e para nós, não deixando que as histórias se estraguem ou atrasando a sua morte (e, consequentemente, a dos seus protagonistas), imortalizando o feito comum, de todos os dias, emprestando eloquência a quem a não tem (e que pode sobreviver nas palavras de outras pessoas, mais loquazes ou menos confrangidas pelo trauma, como é o caso da história que contarei de seguida).

O meu avô foi preso três vezes e torturado pela polícia política. Nunca falava disso. Quase vinte anos depois da sua morte, o meu pai descobriu um livro — na biblioteca dele — chamado *Eles vieram de madrugada*, da autoria de Manuela Câncio Reis. Na página de rosto, o meu avô dedicou-me umas palavras. Tinha eu onze anos na altura em que ele as escreveu. Foi com emoção que abri o livro e li:

> *Para o meu neto, para que ele perceba um pouco daquilo que eu passei.*

Este livro deixou então de ser de Manuela Câncio Reis para passar a ser o livro que o meu avô me escreveu. E a voz que eu ouvi enquanto li o livro era a sua.

Referências bibliográficas

ABBOTT, Edwin A. *The annotated flatland: a romance of many dimensions.* Basic Books, Nova Iorque, 2008.

BASANTA, Antonio. *Leer contra la nada.* Siruela, Madrid, 2017

BEJA, Olinda. *Chá do príncipe. Rosa de Porcelana*, Lisboa, 2017.

BLASIM, Hassan. *The Iraqi Christ.* Comma Press, Manchester, 2013.

BONNET, Jacques. *Bibliotecas cheias de fantasmas.* Quetzal, Lisboa, 2010.

CANETTI, Elias. *A consciência das palavras.* Companhia das Letras, São Paulo, 2011.

CANETTI, Elias. *La antorcha al oído.* Debolsillo, Barcelona, 2015.

CANETTI, Elias. *Sobre os escritores.* José Olympio, Rio de Janeiro, 2018.

CARROLL, Lewis. *Feeding the mind.* Chatto & Windus, Londres, 1907.

CÂRTÂRESCU, Mircea. *El ojo castaño de nuestro amor.* Impedimenta, Madrid, 2016.

EMERSON, Ralph Waldo. *The complete works.* Musaicum Books, 2018.

FACIOLINCE, Héctor Abad. *Las formas de la pereza.* Penguin Random House, Bogotá, 2017.

FARIA, Rosana; COTTIN, Menena. *O livro negro das cores.* Bruaá Editora, Figueira da Foz, 2010.

GREENE, Graham. *The lost childhood and other essays.* Penguin Books, Londres, 1962.

KAFKA, Franz. *Letters to friends, family, and editors.* Shocken Books, Nova Iorque, 2016.

KLEIN, Stefan. *We are all stardust*. Scribe, 2015.

KUNDERA, Milan. *A brincadeira*. Nova Fronteira, Rio de Janeiro, 1967.

KRAUS, Arnoldo; ROJO, Vicente. *Apología del libro*. Dirección General de Publicaciones del Consejo Nacional para la Cultura y las Artes, 2012.

LEYS, Simon. *Hall of uselessness: collected essays*. New York Review of Books, Nova Iorque, 2013.

MILLER, Henry. *Os livros da minha vida*. Antígona, Lisboa, 2004.

MONTAIGNE, Michel de. *Dos livros*. Teorema, Lisboa, 1999.

MONTERO, Rosa. *A louca da casa*. Porto Editora, Porto, 2017.

OZ, Amós. *Como curar um fanático — Israel e Palestina: entre o certo e o certo*. Companhia das Letras, São Paulo, 2016.

PLATTS-MILLS, Ben. *Memory involves the whole body. It's how the self defies amnesia*. 2020.

PLUTARCO. *The complete works of Plutarch*. Delphi Classics, Hastings, 2013.

QUINTANA, Mario. *Caderno H*. Alfaguara, Rio de Janeiro, 2013.

REIS, Manuela Câncio. *Eles vieram de madrugada*. Caminho, Lisboa, 1981.

RENARD, Jules. *Notas sobre el oficio de escribir*. José J. de Olañeta, Editor, Palma de Maiorca, 2015.

RILKE, Rainer Maria. *Os cadernos de Malte Laurids Brigge*. O Oiro do Dia, Porto, 1983.

SAADAWI, Ahmed. *Frankenstein in Baghdad*. Oneworld Publications, Londres, 2013.

SAADI. *Gulistan: o jardim das rosas*. Attar Editorial, São Paulo, 2000.

SAMÓSATA, Luciano de. *The complete works of Lucian of Samosata*. Library of Alexandria, Alexandria, 2009.

STEINER, George. *O silêncio dos livros*. Gradiva, Lisboa, 2007.

VALLEJO, Irene. *El infinito en un junco*. Siruela, Madrid, 2019.

WHARTON, E. *The vice of reading*. Iowa: The North American Review, 1903, 177(563), 513-521. http://www.jstor.org/stable/25119460.

WOOLF, Virginia. *A arte do romance*. L&PM, Porto Alegre, 2018.

ZWEIG, Stefan. *El misterio de la creación artística*. Sequitur, Madrid, 2015.

*E, para edificação de todos, termino com as palavras de Shen Chenlin,
o qual já viveu na era atual, tendo falecido apenas em 1779:
"O que os poetas escrevem agrada ao espírito, embeleza a cútis
e prolonga a existência".
Eis aí um cartaz que deveriam afixar em todas as Feiras do Livro.*

MARIO QUINTANA, CADERNO H

Copyright © 2021 Afonso Cruz

Revisado segundo o Novo Acordo Ortográfico da Língua Portuguesa.
Nos casos de dupla grafia, foi mantida a original.

CONSELHO EDITORIAL
Eduardo Krause, Gustavo Faraon, Luísa Zardo,
Nicolle Garcia Ortiz, Rodrigo Rosp e Samla Borges

PREPARAÇÃO
Rodrigo Rosp e Samla Borges

REVISÃO
Alice Meira Moraes e Evelyn Sartori

CAPA E PROJETO GRÁFICO
Luísa Zardo

ILUSTRAÇÕES
Afonso Cruz

FOTO DO AUTOR
Arquivo pessoal

DADOS INTERNACIONAIS DE
CATALOGAÇÃO NA PUBLICAÇÃO (CIP)

C957v Cruz, Afonso.
O vício dos livros / Afonso Cruz.
— Porto Alegre : Dublinense, 2024.
96 p. ; 19 cm.

ISBN: 978-65-5553-123-7

1. Literatura Portuguesa. 2. Crônicas.
I. Título.

CDU 869.0-94

Catalogação na fonte:
Eunice Passos Flores Schwaste (CRB 10/2276)

Todos os direitos desta edição
reservados à Editora Dublinense Ltda.
Porto Alegre • RS
contato@dublinense.com.br

Descubra a sua próxima
leitura na nossa loja online

dublinense .COM.BR

Composto em TIEMPOS e impresso na PIFFERPRINT,
em PÓLEN BOLD 90g/m², na PRIMAVERA de 2024.